Tucholsky   Wagner   Zola   Scott   Sydow   Freud   Schlegel
Turgenev   Fonatne   Wallace
Twain   Walther von der Vogelweide   Fouqué   Friedrich II. von Preußen
Weber   Freiligrath   Frey
Fechner   Fichte   Weiße Rose   von Fallersleben   Kant   Ernst   Frommel
Richthofen
Hölderlin
Engels   Fielding   Eichendorff   Tacitus   Dumas
Fehrs   Faber   Flaubert
Eliasberg   Ebner Eschenbach
Feuerbach   Maximilian I. von Habsburg   Fock   Eliot   Zweig   Vergil
Ewald
Goethe   Elisabeth von Österreich   London
Mendelssohn   Balzac   Shakespeare   Dostojewski   Ganghofer
Lichtenberg   Rathenau   Doyle   Gjellerup
Trackl   Stevenson   Hambruch
Mommsen   Tolstoi   Lenz   Droste-Hülshoff
Thoma   Hanrieder
Dach   Verne   von Arnim   Hägele   Hauff   Humboldt
Reuter   Rousseau   Hagen   Hauptmann   Gautier
Karrillon   Garschin   Defoe   Hebbel   Baudelaire
Damaschke   Descartes
Hegel   Kussmaul   Herder
Wolfram von Eschenbach   Dickens   Schopenhauer   Rilke   George
Bronner   Darwin   Melville   Grimm   Jerome
Campe   Horváth   Aristoteles   Bebel   Proust
Bismarck   Vigny   Barlach   Voltaire   Federer   Herodot
Gengenbach   Heine
Storm   Casanova   Tersteegen   Gilm   Grillparzer   Georgy
Chamberlain   Lessing   Langbein   Gryphius
Brentano   Lafontaine
Strachwitz   Claudius   Schiller   Kralik   Iffland   Sokrates
Bellamy   Schilling
Katharina II. von Rußland   Gerstäcker   Raabe   Gibbon   Tschechow
Löns   Hesse   Hoffmann   Gogol   Wilde   Gleim   Vulpius
Luther   Heym   Hofmannsthal   Klee   Hölty   Morgenstern
Roth   Goedicke
Heyse   Klopstock   Kleist
Luxemburg   Puschkin   Homer   Mörike
Machiavelli   La Roche   Horaz   Musil
Navarra   Aurel   Musset   Kierkegaard   Kraft   Kraus
Lamprecht   Kind   Kirchhoff   Hugo   Moltke
Nestroy   Marie de France
Laotse   Ipsen   Liebknecht
Nietzsche   Nansen   Ringelnatz
Marx   Lassalle   Gorki   Klett   Leibniz
von Ossietzky   May   vom Stein   Lawrence   Irving
Petalozzi   Knigge
Platon   Pückler   Michelangelo   Kock   Kafka
Sachs   Poe   Liebermann   Korolenko
de Sade   Praetorius   Mistral   Zetkin

Der Verlag tredition aus Hamburg veröffentlicht in der Reihe **TREDITION CLASSICS** Werke aus mehr als zwei Jahrtausenden. Diese waren zu einem Großteil vergriffen oder nur noch antiquarisch erhältlich.

Symbolfigur für **TREDITION CLASSICS** ist Johannes Gutenberg (1400 — 1468), der Erfinder des Buchdrucks mit Metalllettern und der Druckerpresse.

Mit der Buchreihe **TREDITION CLASSICS** verfolgt tredition das Ziel, tausende Klassiker der Weltliteratur verschiedener Sprachen wieder als gedruckte Bücher aufzulegen – und das weltweit!

Die Buchreihe dient zur Bewahrung der Literatur und Förderung der Kultur. Sie trägt so dazu bei, dass viele tausend Werke nicht in Vergessenheit geraten.

Sophie

Therese Huber

Impressum

Autor: Therese Huber
Umschlagkonzept: toepferschumann, Berlin

Verlag: tredition GmbH, Hamburg
ISBN: 978-3-8424-0616-2
Printed in Germany

Therese Huber

Sophie

Im Dezember 1789 verließ ich mein stilles Landstädtchen, um nach einer Trennung von zehn Jahren meinen Universitätsfreund P. zu besuchen, der in seiner Vaterstadt ***g von seinen Einkünften lebte. Nach der ersten Bewillkommung fiel mir an meinem redlichen P. eine sichtbare Zerstreuung auf. Ich hatte bey ihm auf eine der meinigen gleiche Freude gerechnet, und diese Erscheinung machte mich etwas betroffen. Der Stillstand, welcher dadurch in unserem Gespräch erfolgte, ließ mich ein feyerliches Glockengeläute vernehmen, das mir vorher entgangen war. Vielleicht, dachte ich, ist es ein Leichenbegängniß, an dem er besonders Theil nimmt. Ich that deshalb einige Fragen an ihn, die er ausweichend beantwortete. Er trat an das Fenster, um den vorbeykommenden Trauerzug zu sehen. Unter den Leidtragenden zeichneten sich zwey noch ziemlich junge Männer aus, deren völlig zerstörte Gesichter mich veranlaßten zu fragen, was ihnen der Todte denn gewesen wäre? P. war aber durch das Schauspiel in solche Verwirrung gebracht, daß ich seine Antwort durchaus nicht verstehen konnte. Ich ließ es dabey; aber es ward mir unheimlich, und unser Gespräch stokte sehr, bis wir durch die Rükkehr des Zuges wieder an das Fenster gerufen wurden: sie schien mit unordentlicher Eile begleitet, von den bey den Leidtragenden fehlte jezt einer, der andre stand vor der Thüre unseres Hauses einen Augenblik still, und schlüpfte dann schnell hinein. Er trat in das Zimmer, P. war ihm entgegen geeilt. Erschöpft, stumm, todtenbleich warf er sich in einen Stuhl, und bedekte sein Gesicht mit beyden Händen. Er zitterte konvulsivisch. Mein Freund gieng schweigend an einen Schrank, und langte ein Fläschchen hervor, woraus er einige Tropfen in ein Glas Wasser goß. Er reichte es ihm hin, und sagte, fast unsanft: Ermannen Sie sich, das ganze Publikum muß ja aufmerksam werden. – Der Mann zog die Hände vom Gesicht, warf einen durchdringend verachtenden Blik auf P., schob das Glas zurük, und gieng mit fest untergeschlagenen Armen in der heftigsten Bewegung im Zimmer umher. Er wollte endlich hinaus – Wohin? in diesem Zustand, wohin? rief mein Freund, und hielt ihn zurük – Zu Schellberg! Er wurde ohnmächtig vom Grabe fortgetragen – Bey dem Worte Grab schien sein Herz zu zerreissen; es war sichtbar, daß er gewaltsam einen Schrey unterdrükte. Er wandte sich von der Thüre weg, und schwankte matt das Zimmer hinauf. Freundlicher als vorher trat P. vor ihn: Sie liebten sie also wirklich! O Lehrbach, so ist dieser Schmerz gewiß bitter, sehr bitter durch Reue – Reue! rief jener mit erstikter Stimme; daß ich sie wieder erwecken, und noch einmal – tödten könnte! unterbrach ihn mein Freund.

So sehr diese Scene auch meine Neugierde spannte, so überflüßig fühlte ich mich doch dabey; jezt da die Beyden in ein Gespräch zu gerathen schienen, eilte ich, sie allein zu lassen. Ich brauchte etwas Erholung von dem Eindruk, den alle die unverständlichen Erscheinungen auf mich gemacht hatten. Um den Nachmittag nunmehr nicht ganz zu verlieren, wollte ich einige Briefe abgeben; erst aber gieng ich auf ein Kaffeehaus, wo ich mich zu zerstreuen hoffte. Indem ich bey einem Glas Wein über P.'s Betragen gegen den Unbekannten nachdachte, wurde an einem Tisch neben mir laut gesprochen; ein junger Mann, der vom Mittelstande zu seyn schien, erregte meine Aufmerksamkeit durch die folgenden Worte, die er mit einem Tone aussprach, als wäre er sich bewußt, ein entscheidendes Argument vorzubringen: Kurz, wenn ein Mann wie Schellberg durch den Tod seines Weibes in einen solchen Zustand versezt wird, so muß ihr Andenken vor allen übeln Nachreden gesichert sein.

Ein Offizierchen, das an dem nämlichen Tische saß, und in seinem Stuhl zurükgelehnt, sich die Zähne stocherte, lachte hier laut auf. Der andere blikte ihm starr in's Gesicht, als fordere er Rechenschaft. Der Offizier sagte mit frostiger Höflichkeit: Ich lache wahrhaftig nicht über Ihre Bemerkung, die sehr wahr seyn kann; aber ich lache über den ehrlichen Ehemann, der so artig ist, das Andenken seiner Hälfte sicher zu stellen – man muß hoffen, daß beyde Theile, der eine hier, der andre dort, durch den Glauben selig sind.

Kannten Sie Madame Schellberg? fragte ein ältlicher Mann mit runden Haaren und einem sehr ausdruksvollen Gesicht, das hinter einer leichten Rinde von Rauhheit oder Verdrießlichkeit Güte und Verstand bliken ließ – kannten Sie Madame Schellberg? fragte er, indem er den Kopf von seinem spanischen Rohre, worauf er mit dem Kinne gestüzt war, erhob, und den Offizier mit ruhigen, klaren Augen ansah.

Wie wenn ein Schulknabe unerwartet vom Rektor angeredet wird, richtete sich dieser auf, zog den Zahnstocher aus dem Munde, und sagte: Das eben nicht – etwa blos wie wir jungen Leute Weiber zu kennen pflegen, die uns in Gesellschaften vorkommen, und schon *sur le retour* sind. Übrigens hatte die Dame etwas so Zurük-stossendes in ihrem Wesen, daß man nicht in Versuchung gerieth, ihr Alter zu vergessen –

Nun mein Herr, da haben Sie sich also nicht mehr herausgenom-men, als Ihnen zukam – Ich bin ihr Arzt gewesen, sezte der ältliche Mann hinzu, aber gegen den gekehrt, welcher zuerst gesprochen hatte; und wir Ärzte sind, selbst wider den Willen unsrer Kranken, oft Vertraute ihrer Seele; wahrlich in meiner ganzen dreißigjährigen Praxis bot ich noch nie so ängstlich meine Kräfte auf, um die edelste Seele in der zartesten Hülle zu erhalten. Es war umsonst! Sie starb an dem Bemühen, glüklich zu machen – Er sagte das ohne allen Pathos, und lief nun mit dem hellen Blik die ganze Gruppe durch, indem er auf eine originelle Art, gleichsam um seine Versicherung zu bekräftigen, ein paarmal mit dem Kopf nikte.

Das Offizierchen stand auf, zog trällernd die Hosen in die Höhe, schnallte seinen Pallasch um, und gieng. Die übrigen verloren sich auch; der Arzt war noch geblieben. Ich machte mich an ihn: Die Dame, welche heute begraben ward, scheint allgemeines Interesse zu erregen?

Wie alles nicht Alltägliche – geschwazt muß werden; aus der sumpfigen Stille, in der sich die Menschen mit ihrem Gefühl zu halten pflegen, auf einen Augenblick herauszukommen, ist so wohlthätig, daß man alles Neue, ein bischen Traurige oder Schrekli-che, mit Eifer ergreift. Eine Tragödie, ein Brand, eine Misgeburt, eine schöne Frau, die stirbt, wenn sie nach der Meynung der Leute eben so gut noch hätte leben können: das nuzt alles zum Zwek –

Gehorsamer Diener! – Er hatte im Sprechen seinen Hut mit dem Arme gepuzt, und gieng nun brummig aus dem Saal.

Das erste Haus, für welches ich Briefe hatte, war in einem ganz andern Winkel der Stadt. Ich gerieth hier in eine zahlreiche Assemblee. Man nahm mich sehr artig auf: die Frau vom Hause zog mich in einen kleinen Zirkel, der das Gespräch dem Spiele vorgezogen hatte. Eben, sagte sie, waren wir mit einem Gegenstand beschäftigt, von welchem gewiß auch bey Ihrem Freunde P. die Rede gewesen ist; der Tod hat unsrer Stadt eine interessante Frau entrissen, die heute begraben wurde; es muß ein rührender Auftritt gewesen sein, die Frau schien von ihren Freunden ausserordentlich geliebt. –

Das allgemeine Aufsehen, erwiederte ich, das ihr Verlust in einer so großen Stadt macht, beweist, daß sie seltene Verdienste gehabt haben muß. Sie war Ihnen also auch bekannt?

Kaum! ihr Mann ist erst seit zwey Jahren in hiesigen Diensten; ich sah sie nur ein paarmal bey unserm Kommandanten, wo mir ihr ungezwungenes Wesen, die artige Weise, mit welcher sie die Galanterie dieses eisgrauen Kriegers aufnahm, die Klugheit ihres Betragens als Fremde sehr gefiel –

Ich habe sie öfters auf öffentlichen Spaziergängen gesehen, sagte eine andre, jüngere Person; sie war immer mit ihren Kindern umgeben, und schien sich nur mit ihnen zu beschäftigen –

Und mit Herrn von Lehrbach, der wenigstens eben so oft wie ihre Kinder in ihrer Gesellschaft war – fiel eine brillante Dame ein, die am nächsten Tisch spielte.

Nun, ich habe sie nie ohne ihren Mann gesehen – sagte ein alter Herr, der kaum von den Karten aufblikte, und phlegmatisch fortspielte.

Die schöne Dame antwortete mit der nöthigen Unverschämtheit: Das wissen kluge Weiber zu kombiniren, wenn der Mann etwas gutherzig ist!

Ei gnädige Frau, sagte ein junger Herr am Spieltisch, Sie lassen sich ja unverzeihlich in die Karte sehen!

Dawider werden Sie doch nichts haben, so lange die Rolle der Gutherzigkeit nicht an Ihnen ist?

Gemach, gemach, gnädige Frau! Wenn Sie bedächten, daß heute über acht Tage ein ähnliches Gericht über Sie gehalten werden kann, so würden Sie wohl christlicher seyn – Dieses Memento mori rief eine rauhe Stimme von einem ziemlich fernen Spieltisch herüber. Wir alle blikten hin, und ich erkannte meinen Doktor vom Kaffeehaus, der sehr eifrig L'Hombre spielte.

Die Dame lispelte: wenigstens befinde ich mich jezt so wohl, daß ich Ihre unartige Ermahnung eine ganze Weile übel nehmen könnte, bis ich Ihre Hülfe nöthig genug hätte, um zu Kreuze zu kriechen.

Hm! antwortete jener, ohne sich im Spiele irre machen zu lassen – Ich sah Rosenknospen verbleichen, und reife Früchte vom Baume fallen. Das muß Sie nicht zu sicher machen, meine schöne Dame; Freund Hain ist noch ein gutes Theil unhöflicher als ich.

Man lächelte über diese Freymüthigkeit; die Dame, der es galt, that als ob sie nicht gehört hätte. Eine bejahrte Frau, die in unserm Zirkel saß, fieng nun an: Ich habe die Selige meinen Töchtern schon oft zur Warnung aufgestellt. Das war nun so eine gelehrte, aufgeklärte Frau! Es sah sie niemand in der Kirche. Meiner Kammerjungfer ihre Cousine hat eine Bekannte, die bey Schellbergs Gesinde aus und eingeht – sie hat mir gesagt, daß Frau von Schellberg ihre Kindermagd lesen und schreiben lehrte, und ihre eigenen Töchter, große Mädchen von zwölf bis vierzehn Jahr, haben noch keinen Katechismus gelernt! Ich sagte es schon heute zu meinen Töchtern: erst eine schlechte Ehe, dann ein früher Tod!

Schlechte Ehe! rief die Frau vom Hause; nun wenigstens scheint der Schmerz des armen Mannes bey ihrem Grabe etwas anderes zu beweisen –

Ein schon verblühtes Frauenzimmer – wie es sich zeigte, eine Tochter der alten Dame, sagte erröthend und mit ängstlich zitternder Stimme: Aber liebe Mama, Sie erinnern sich doch auch, wie uns die alte Marthe erzählte, daß Frau von Schellberg bey der kranken Köchin gebetet, und sie so getröstet und ihr so zugesprochen hätte, daß der Pater Franziskan, wie er hinzukam, sagte, der frömmste Geistliche hätte die arme Kranke nicht besser beruhigen können.

Die Alte sah aus, als würde das gute Mädchen ohne unsre Anwesenheit dieses ihr Zeugniß schwer haben entgelten müssen. Nun, sagte sie, da du einmal so unvorsichtig bist – ich wollte einer Todten nichts Übels nachsagen; aber es ist wirklich so: sie war protestantisch, und hat mit dem Mönch gebetet. Sie schwieg, wie ein Inquisitor thun mag, wenn er etwas vorgebracht hat, das den Ketzer unwiederbringlich auf den Scheiterhaufen bringt. Wir schwiegen alle, denn die Bosheit war zu ekelhaft, und jener Gegenstand ward nun auch nicht wieder berührt.

Das Rätselhafte so verschiedener Urtheile blieb für mich nicht lange unaufgelöst. Ich lernte Lehrbach bey meinem Freunde kennen, ich ward mit ihm, und späterhin auch mit dem unglüklichen, achtungswürdigen Schellberg vertraut. Ihre Gespräche, und manche Papiere, die sie mich sammeln ließen, haben mir Sophien so lebendig dargestellt, als hätte sie vor meinen Augen gewandelt und gelitten. Mehrere von den interessirten Personen sind ihr seitdem dahin gefolgt, wo keine Misverständnisse die edelsten Seelen zerrütten. Ihr Verschwinden läßt mir Freyheit, diese belehrende Geschichte bekannt zu machen. Die Ihr die folgenden Blätter lesen werdet, besinnet Euch, ob Euch nie ähnliche Räthsel aufstiessen, ob Ihr nie zu bewundern gehabt hättet, wo Ihr kaum zu dulden wußtet. Besonders aber fraget Euch, ob Ihr nie einer feinen und hohen Seele durch Eure Behandlung Verirrungen und unschuldig verdiente Leiden zubereitetet. Lenket ein, wenn es noch Zeit ist, oder spricht Euer Bewußtseyn Euch frey, so schwöret bey Sophiens Andenken, sorgsam wachen zu wollen, daß nie ein solcher Vorwurf Euch belaste. Eure Opfer würden freylich sich selbst eher anklagen als Euch – wartet aber nicht, bis Ihr allein zurükbliebet, und die endlose Rechnung in Euerm Innern begönne.

Sophiens Vater war Kommandant der ansehnlichen Festung *burg. Er verdankte diesen Posten der ausgezeichneten Tapferkeit und den Talenten, die sein Fürst den siebenjährigen Krieg hindurch an ihm bemerkt hatte. Er hatte sich während des Krieges mit einer Bürgerlichen verheirathet, die er seit mehreren Jahren liebte. Diese Frau soll viel Geist und Originalität, aber wenig Annehmlichkeit besessen haben. Wirthschafterin war sie gar nicht, sondern sie beschäftigte sich, ohne eben Gelehrte zu seyn noch seyn zu wollen, wenn sie ihrem Geschmak folgte – und das that sie oft – blos mit

Büchern und gelehrten Männern. Ihr Gemahl, einer der gründlichsten Ingenieurs im *schen Dienst, zog alle Hilfswissenschaften, Geschichte, Geographie u. s. w. mit in sein Metier, ohne sich um das Hauswesen zu bekümmern. Dieses gieng also ziemlich schief; zwar erhielt man sich unverschuldet, weil der Mann alle Genügsamkeit eines Soldaten hatte, und unter manchen Weiblichkeiten, die der Frau fehlten, auch diejenigen waren, welche Aufwand verursachen; aber die Wirthschaft war unter diesem Regiment dennoch so beschaffen, daß der Tod von Sophiens Mutter keine Lücke darin machte, ohngeachtet Sophie selbst erst dreyzehn Jahre war, und noch drey, viel jüngere Geschwister hatte.

Wie Sophie zu ihrer geistvollen Selbstständigkeit und Originalität kam, läßt sich leicht begreifen, da ihre Eltern diese Vorzüge wirklich besassen, da immer ein Zirkel von besonders unterrichteten Menschen in ihrem Hause versammelt war, und da man sie fast ohne alle Erziehung, mithin ohne allen Zwang, und besonders ohne aufgedrungene Begriffe aufwachsen ließ. Woher sie aber ihre OrdnungsLiebe, ihre Sparsamkeit, ihre Gabe, alle persönlichen Bedürfnisse aufzuopfern, und dabey ihre Grazie, die Kunst sich zu kleiden, das feine Gefühl für Schiklichkeit im Kleinsten wie im Größten, die Zartheit des Geschmaks, die das ächte Weib so liebenswürdig, und oft so beschränkt, und gerade in dieser Beschränktheit für die Männer so räthselhaft macht – woher sie dieses alles nahm, da sie es um sich her nie gesehen hatte, würde schwerer zu erklären seyn. Ein solches Phänomen macht manches schöne BildungsSystem zu Schanden, und führt gerade auf SeelenAristokratie, die dann freylich, und am meisten Leuten, die sonst am wenigsten auf Gleichheit halten, mit Recht äusserst verhaßt ist. Sie wußte selbst davon keine Rechenschaft zu geben: vieles schien mit ihr geboren. Als Kind fühlte sie Beschämung bey der Unordentlichkeit ihres Anzugs, den die Mutter völlig vernachläßigte. Das Unelegante in der Sprache und dem Wesen dieser Mutter entfernte sie von ihr. Die nationelle Steifheit und Frostigkeit, mit welcher sie von Jugend auf umgeben war, erregte in ihr einen dunkeln Widerwillen, lange bevor sie etwas anderes kannte.

Unter diesen Umständen bekam aber ihr Wesen auch eine weniger reizende Seite. Allein sich entwickelnd, war sie ganz unfähig, irgend eine Idee, irgend einen Grundsaz auf Treu und Glauben anzunehmen. Ehe sie sich etwas aneignete, mußte es durch den Distillirkolben ihrer Ansichtsweise gegangen seyn, von welcher eine unendlich lebhafte Imagination einen wesentlichen Bestandtheil ausmachte; dann war es aber auch fest in ihrer Seele gewurzelt. Hieraus entstand Eigensinn sowohl als Einseitigkeit. Zwischen ihrer Mutter und ihr war nun einmal völlige Unähnlichkeit: man gestattete ihr auch keinen Umgang mit Gespielinnen, und wenn sie ihn zuweilen forderte, so geschah es mehr aus dem Gefühl, daß sie gerechten Anspruch darauf hätte, als aus Bedürfniß: Das gab ihr Abgesondertheit des Geistes, Ungewohnheit sich mitzutheilen, Verschlossenheit, sobald man sie nicht verstand.

Dies alles erfolgt an sich schon zu leicht aus den gewöhnlichen Verhältnissen zwischen Eltern und Kindern, und daß es sich in den meisten Menschen wieder zu vermischen scheint, hat selten einen andern Grund als Karakterlosigkeit. Das Gefühl empört sich nicht sowohl vor Tadel als vor Autorität. Wie herablassend und weise sich Eltern auch nehmen, sie haben immer ein leztes Mittel im Hinterhalt: Zwang – und schon aus Instinkt kann das Kind dieses nicht wohl vergessen. Um Vertraute unsrer Kinder zu seyn, um die Kraft der Überzeugung bey ihnen anwenden zu können, sollten wir also nie ein Machtwort zu ihnen sprechen, oder es eben so gut von ihnen anhören. Wir sollten nie untrüglich, nie tadellos, nie von ihnen verschieden seyn wollen – wir sollten auch uns vor ihren Augen zu besseren Menschen bilden, indem wir sie, ihnen fühlbar, zu besseren Menschen machten.

Wo nun aber Karakter ist, da pflanzt sich das empörte Gefühl leicht aus jenen frühen Verhältnissen in die folgenden fort; und weiblicher Karakter besonders findet in seinen sittlich natürlichen Berührungen mit dem andern Geschlecht leicht einen, von der Wiege bis an das Grab sich erstreckenden Fluch von Ungerechtigkeit und Verkennung.

Durch den Tod seiner Frau ward der gute Schönfeld über seine und seiner Kinder Lage etwas aufgeschrekt. Er schlug indessen einen sonderbaren Weg ein: anstatt dem Rath seiner Freunde zu folgen und wieder zu heirathen, übergab er Sophien die Wirthschaft nebst der Sorge für ihre Geschwister, wobey er sich eine Art von Oberaufsicht vorbehielt. Sophie war seitdem der Meynung, daß er sie vielleicht besser gekannt haben mochte, als man ihm, der seine Landkarten und seine mathematischen Instrumente nur nothgedrungen, wenn die Pflichten seines Standes es durchaus forderten, zu verlassen pflegte, wohl zugetraut hätte. Er mochte also den rastlosen Geist, das glühende Herz des jungen Mädchens entdekt haben, und ihr bey Zeiten so viel in der Wirklichkeit zu thun geben wollen, daß sie im Gebiete der Fantasie nicht umherschweifen könnte. So übel auch anfangs das Wirthschaften gieng, so bald fand sie sich doch hinein, zumal da sie glüklich genug war, gutes Gesinde zu haben, Leute die anstatt Sophiens Jugend zu misbrauchen, einen Stolz darein sezten, daß ihr Fräulein in Jahren, wo andre Mädchen fast noch mit der Puppe spielen, schon den Haushalt führte. Neben dieser Beschäftigung erzog Sophie ihre Geschwister; ihre Zeit wäre also ausgefüllt gewesen, wie es in ihrem Alter sonst nicht leicht der Fall ist. Das genügte ihr aber noch nicht. Sie sah ihren Vater nach angestrengter Arbeit am Schluß des Tages abgespannt, und gleichsam schwermüthig bey seinen Kindern sitzen: Gesellschaft sah er höchst selten. Nun suchte sie ihn zu unterhalten, zu zerstreuen; instinktmäßig zog sie die ihm geläufigen Ideen hervor, und um Abends etwas fragen oder schwatzen zu können, das ihn interessirte, las sie den Tag über in freyen Augenbliken Bücher, die ihr den Stoff dazu gaben. Schönfeld ergriff ohne weitere Aufmerksamkeit, was ihm das liebende Herz des Mädchens darbot. Diese Abendstunden wurden ihr durch Gespräch, durch Auswechselung und Entwickelung von Ideen eine reiche Quelle von Unterricht; ihr Geist bildete sich ungemein, aber es entstand daraus ein unvorhergesehenes Übel. Sie hatte ihre Lektüren aus kindlicher Gefälligkeit unternommen; doch bald faßte sie verschiedne Gegenstände derselben mit dem ganzen ihr eigenthümlichen Feuer auf. Der Vater ward oft von der Glut, von dem Schwung ihres Gefühls auf eine befremdende Weise überrascht. Besorgt für das künftige Wohl seines Kindes, wollte er das auflodernde Feuer dämpfen, schalt es Schwärmerey, Überspannung: das furchtsame, stolze Mädchen verschloß es, und so brannte es tiefer in das Herz hinein.

Sie war jezt funfzehn Jahre, vollkommen erwachsen, sehr angenehm gebildet, und noch ganz unbekannt mit der Welt. Ihr Vater fühlte die Nothwendigkeit, sie nunmehr in diese einzuführen. Er vertraute sie einer Freundin ihrer verstorbenen Mutter an, unter deren Schuz und Geleit sie von Zeit zu Zeit an den Vergnügungen ihres Alters und den Gesellschaften ihres Standes theilnehmen sollte. Zugleich aber wegen der Gefahren besorgt, die ihr bevorstünden, glaubte er ihren Geschmak an diesen Ergözlichkeiten vermindern zu müssen, und verfiel hiezu auf kein besseres Mittel, als ihr deren Genuß zu verleiden. So erlaubte er sie ihr einerseits nur als Belohnung ihres guten Betragens, und befliß sich andrerseits, sie als Narrheiten, als Eitelkeiten herabzusetzen und zu tadeln. Von ihrem Verstand und ihrem Gefühl verbreitete sich nun dieselbe Verschlossenheit auch über ihren Geschmak: sie fühlte sich beeinträchtigt, genoß kein Vergnügen in seiner natürlichen Reinheit, und mit Verheimlichung mischte sich Heftigkeit in ihren Genuß.

Bey ihrer Erscheinung ward ihr allgemeine Bewunderung zu Theil. Ihre Empfindung war schon sehr reich, ihr Geist weit über ihre Jahre – nicht gebildet, sondern gefüllt. Sie hatte viel gelesen, viel Romane, viel Geschichte, und wissenschaftliche, obwohl nicht gelehrte Bücher, keine moralischen und keine frommen Schriften. Mit ihrem Stolz und ihrer Verschlossenheit verband sie eine unendliche Herzlichkeit, und viel Mistrauen in Ansehung der Wirkung, die sie auf andre machte. Sie wußte, daß ihr Vater ihr kein Vermögen geben konnte, und daß in ihrer Vaterstadt, unter dem sie umgebenden Militair, von den Männern, deren Bewunderung sie an sich zog, keiner je ihre Hand fordern würde, weil keinen seine Lage dazu fähig machte. Sie empfand das Demüthigende eines Liebeshandels ohne Heirath, das Traurige eines langen Harrens auf Aussichten, das Thörige einer hohen Leidenschaft unter tausenderley – schlimmer als unglüklichen – widrigen Umständen. Nicht urplözlich bildete sich aus allem diesem in ihrem Kopfe der Entschluß nie zu lieben, aber er ward nach und nach zum tiefen Gefühl, und sie blieb ihm um so treuer, als sie ihn mit unendlicher Liebe ausführte.

Wer den Reichthum des weiblichen Wesens nicht kennt, wer von den Weibern glaubt, sie können nur kokett, oder verliebt, oder eben so uninteressant als uninteressirt sein, der wird hier ungläubig lächeln. Desto schlimmer für ihn. Sophie war zart, thätig, unschuldig und streng keusch. Ihre Sinne schliefen völlig: die übergroße Regsamkeit ihres Gefühls und ihrer Fantasie, die beständige Anstrengung ihrer Kräfte mochte vielen Theil daran haben. Zugleich war ihr Umgang mit Männern sehr entfernt, den Sitten ihrer Vaterstadt, und der Achtung angemessen, die man für den Obristen hatte. In diesen Verhältnissen erregte sie große Leidenschaften, für welche sie sich herzlich interessirte, ohne sie zu erwiedern. Jedem solchen Interesse überließ sie sich desto lebhafter, je unbefangener sie sich dabey fühlte. Sie war ein Wesen höherer Art, dem sich auch keine gemeinen Männer nahten. Mancher edle Jüngling hätte sich ihr gänzlich geweiht: sie behandelte seine Liebe offenherzig, achtungsvoll, erwies ihm deren Unstatthaftigkeit – der Liebhaber blieb gefesselt, und sie frey.

Indessen war das keine heilsame Diät für Sophiens Herz. Durch eine höchst romantische Spannung allen Romangrillen feind, nahm sie in ihrem neunzehnten Jahr die Hand an, die ein schon ältlicher, sehr geschäzter Mann ihr anbot. Sie würde, so rechnete sie, Gattin, wahrscheinlich Mutter werden; sie würde beglücken, also glüklich seyn können. Herr von Z., ihr Verlobter, mußte vor seiner Heirath eine lange Reise unternehmen: sie sah ihn mit dem ruhigsten, unbesorgtesten Herzen fortgehen, er ließ sie mit der zuversichtvollsten Achtung gegen ihren Karakter zurük.

Kurz nach dieser Abreise kam Schellberg nach *burg, wohin auch Fremde, die sich dem Kriegsdienst widmeten, durch verschiedene öffentliche Anstalten gezogen wurden. Ein völlig vorurtheilsfreyer Geist, ein sehr richtiger Verstand, ein gänzlicher Mangel an Erfahrung, aber nicht weil der Anlaß, sondern weil durch eine ausserordentliche Güte die Fähigkeit zur Erfahrung gefehlt hatte; ein Äusseres, das immer der ungetrübte Spiegel einer einfachen, redlichen Seele war, ohne allen Anspruch auf Zierlichkeit; im Thun und Denken die Einfalt eines Kindes bey der Kraft eines Mannes: so war Schellberg, als ihn das Studium seiner Wissenschaft, die er leidenschaftlich und in ihrem weitesten Umfang betrieb, in des Obristen Haus führte. Er hatte kein weibliches Ideal in seinem Kopfe. Er hatte geliebt, er hatte gelebt, er hatte gute – er hatte auch schlimme Weiber gesehen, und dabey war ihm bis zu diesem Zeitpunkt nicht eingefallen, was das Schönste, Höchste von Weiblichkeit wohl seyn möchte. Je länger er Sophien sah, je reifer ward die Überzeugung in ihm, daß bey keinem Weibe die Fähigkeiten und Reize ihres Geschlechtes zu so vollkommner Entwickelung gediehen wären. Sie nahm den unverhohlnen Ausdruck seines Gefühls bald wahr; hatte sie sich aber vorher durch ihre Überzeugung, daß sie unter den

Männern, die sie umgäben, keinen Gatten wählen könnte, schon hinlänglich verwahrt geglaubt, so machte nun ihre Verpflichtung gegen einen achtungswürdigen Mann sie vollends unachtsam auf ihr Herz. Schellberg war mit dem ganzen Publikum über jene Verbindung in Unwissenheit. Kindlich bescheiden, machte er keinen Anspruch auf Sophiens Liebe; kindlich zutraunsvoll überließ er sich der seinigen. Die beyden jungen Leute näherten sich täglich mehr einander. Es war Sommer, man sah wenig Gesellschaft, Sophie brachte ihre meiste Zeit mit ihren Geschwistern im Garten zu: wenn Schellberg ihren Vater verließ, gieng er zu ihr herunter; man pflanzte, begoß, rottete Unkraut aus, gab den Kleinen eine Lektion, las etwas, stritt sich – dem jungen Mann war das wechselnde Gemisch von Geist, Güte, Herrschsucht, Ernst, nie vorgekommen: er schmiegte sich linkisch und selig unter Sophiens Zepter, und dachte nie an den folgenden Tag.

Nach manchen kleinen Beweisen von Zutrauen entdekte ihm Sophie endlich auch ihr Verhältniß mit Herrn von Z. Schellberg ward blaß, schien zerstreut, und verließ sie. Sie fand das ganz natürlich, und war froh, sich mit einem Manne, der ihr täglich lieber ward, erklärt, und dadurch ihre Treue gegen ihr gegebenes Wort ausser Gefahr gesezt zu haben. Den folgenden Morgen erhielt sie ein Billet von Schellberg:

»Ich wußte das nicht. Ich wußte auch nicht, was in meinem Innern vorgieng, und ungeachtet es Ihnen, bey der Arglosigkeit, mit welcher ich mein Herz sprechen ließ, nicht hat verborgen bleiben können. Nicht zu lieben, kann – und will ich mir nicht gebieten. Ich fordre nichts, also beleidige ich niemand. Doch Sie können von mir fordern, daß ich mich entferne – aber auch das scheint mir unmöglich; denn geboten es Ihre Grundsätze, so hätten Sie es früher thun müssen – Willig anerkannte Gottheit meines Herzens, was soll ich zu Ihrem Wohle thun? – Zu dem meinigen brauche ich nichts, seit ich liebe.«

Sophie antwortete:

»Gewiß wußte ich, was in Ihnen vorgieng – daß Ihnen aber meine Lage unbekannt wäre, hätte ich nicht geglaubt, weil ich Ihnen vormals Dinge gesagt hatte, aus denen Sie das Geheimniß errathen sollten. Volles Vertrauen von Anfang an wäre also besser gewesen.

Ich gab halb und halb dem Dekorum nach, das man unserm Geschlecht vorschreibt, und dadurch ist ein Misverhältniß unter uns entstanden. Wir wollen wieder gut machen durch doppelte Aufrichtigkeit. Ich finde für mich keine Ursache uns zu trennen: wäre ich noch frey, so würde ich auch in diesem Augenblike noch wählen, wie ich wählte. Denn ob ich gleichwohl glaube, daß Liebe etwas sehr Reizendes ist, so bin ich doch überzeugt, daß sie die Hochzeit nicht überlebt, und daß es also besser ist, ohne sie anzufangen: man vermeidet immer einen gefährlichen Vergleichungspunkt. Sie sagen, daß Sie keine Ansprüche machen. Das ist das Einzige, was Noth thut; alles andre verhindert uns nicht, gut und glüklich zusammen zu seyn, wie wir es bisher waren. Mich dünkt, Z.'s Braut ist für jeden andern Mann ein abgeschiedner Schatten – Warum sollte ich mir die Freude mit Ihnen umzugehen versagen, da mir nichts fehlt, als meinen künftigen Gatten zum Zeugen dieser Freude zu haben? Fühlen Sie es anders, so handeln Sie, wie Sie fühlen.«

Schellberg faßte die Unschuld, welche diese Zeilen eingegeben hatte. Er ehrte sie, und glaubte sich stark genug, um sie nie in Gefahr zu setzen. Redlichkeit machte ihn dieses beschließen, und Liebe gab ihm die Hoffnung, es auszuführen. Man sah sich wie zuvor, eben so unverholen und sorglos, ja von Sophiens Seite hingegebner: sie hielt Schellbergs Versprechen, keine Ansprüche zu machen, für ihre Ägide; sie glaubte unbedingtes Vertrauen dafür schuldig zu seyn. Ohne Rückhalt überließ sie sich dem süssen Gefühl, von der edelsten und reinsten Seele, die sie je kannte, geliebt zu seyn. Sie wünschte kein andres Glück, als was sie jezt besaß; diesem stand keine ihrer Pflichten im Wege, also wandelte sie sicher fort. In welche Lage sie durch ihre reizende Sittsamkeit, ihre kindliche Vertraulichkeit, ihre schwärmerische Anhänglichkeit für ihr gegebnes Wort, ihren jungen Freund sezte, das fiel ihr nie ein. Dieser fühlte täglich lebhafter die Unzulänglichkeit seiner Vernunft und Ehre. Ansprüche machte er nicht, er fürchtete keine Beleidigung der Tugend; aber das Glük seines Lebens, die heitere Ruhe, die einen so wesentlichen Bestandtheil seines Karakters machte, war dahin; die Zukunft war dahin für ihn. So lange er beschäftigt war, gewann er Kräfte zum Streit; dann aber drangen die Wünsche, die Bedürfnisse seiner Liebe ungestüm auf ihn ein. In Sophiens Gegenwart wirkte der

Zauber ihrer Unschuld auf ihn, und er war glüklich, aber gespannt, aber wehmüthig, bis er von ihr gieng.

Ein Zufall, den ein Spiel mit den Kindern hervorbrachte, fügte es einmal, daß Schellberg – nicht aus Taumel, sondern aus keckem Vertrauen auf seine Kraft – Sophien einen Kuß raubte. Das sonderbare Mädchen war sehr unzufrieden; sie bat ihn, ihr Vertrauen nicht zu zerstören durch eine Art zu handeln, zu welcher kein andrer Mann Anlaß von ihr bekommen könnte: die Sache selbst sey gleichgültig; hätte er sie um einen Kuß gebeten, so würde er ihn freywillig erhalten haben; denn so wie sie ihn liebe, sey er ihr Schuz, und sie würde glauben, ihn zu beleidigen, wenn sie ihm abschlüge, was sie einem Bruder, wenn sie einen hätte, zugestehen würde. Schellberg schraubte sich auf, log gegen sich selbst, und bat nun Sophien um den Kuß zum Versöhnungszeichen. Das Mädchen von glühendem Herzen und kalten Sinnen gab den Kuß, und trieb ihr Spiel oder ihr Geschäft sorglos fort. Schellberg gieng vergiftet nach Hause; er überlegte, ob es nicht Pflicht wäre, Sophiens Verbindung zu zerreissen, und ihr über den Selbstbetrug, in welchem sie lebte, die Augen zu öfnen. Konnte er ihr aber darum seine Hand anbieten? Er war ohne alles Vermögen, und in einem Dienst, wo man nicht sparen konnte. So blieb er in trauriger Spannung. Als er Sophien wiedersah, gewann er es über sich, auch ihre Hand nicht zu berühren. Sie bemerkte diese Vorsicht – Ihr seyd arme Geschöpfe, sagte sie mit einem offenen, engelreinen Blik in sein trübes, erhiztes Auge, Ihr wißt nicht zu lieben; aber es ist recht, daß Ihr Euch nach Eurem Gewissen behandelt. – Sie schien darauf traurig zu seyn.

Nach wenigen Tagen kam Schellberg hastig mit Briefen in der Hand zu ihr – Schicken Sie die Kleinen fort, ich muß Sie sprechen – Ich erwartete Sie, erwiederte Sophie, ich habe Ihnen etwas zu sagen. – Sie deutete hiebey auf Papiere, die neben ihr lagen. Die Kleinen giengen. – Sophie, mein Regiment ist an England verkauft, ich soll nach Amerika – Er stand schwer athmend. – Sie war blaß geworden, sie senkte den Blik. Schellberg kniete vor ihr, und faßte ihre Hand; sie ließ ihn in dieser Stellung, die sie ihm ehemals verboten hatte, sie streichelte mit der Hand, die sie frey hatte, seine Stirne, und schien noch nicht sprechen zu können. Endlich sagte sie leise und mit unleidenschaftlichem Tone: Z. kommt über vierzehn Tage, und die Heirath wird sogleich vollzogen – Schellberg sprang auf, und stellte sich mit gewaltsam unterdrükter Heftigkeit an das Fenster. Sie schwiegen beyde – So ist's, glaube ich, am besten, sprach jezt Sophie leise, nahte sich ihrem Freund, legte ihre kalte, zitternde Hand auf seine Schulter – wir konnten uns nicht betrügen: wir lieben uns, und wir müssen uns trennen. Reisen Sie bald – Ich werde nie eine Andere lieben, werde nie glüklich seyn. – Z. weiß, daß ich nicht aus Liebe heirathe; ich habe nie auf ein anderes Glük gerechnet, als das ich andern geben könnte. Nun überließ sie sich der ganzen Innigkeit ihres Herzens. Die nahe Ankunft ihres Bräutigams, Schellbergs naher ewiger Abschied, schienen alle Verantwortlichkeit ihrer Handlungen der Zukunft anvertraut zu haben. Sie zerriß jede Faser an des jungen Mannes Herz, indem sie ihm einen Schaz von Liebe offenbarte, dem er jezt auf immer entsagte. Ihr Lebewohl war sehr ruhig, ihre Seele hatte einen unglaublich hohen Schwung genommen; er hielt sich mit eiserner Gewalt. Als Z. anlangte, war er schon abgereist. Sophie empfieng ihren Bräutigam frölich, achtungvoll; sie erzählte ihm viel von ihrem fernen Freund. Z. war sehr zufrieden mit der Grazie, mit dem Werthe seiner Braut; von ihrer Schwärmerey begriff er sehr wenig, und rechnete das zu ihrem Geschmak für Poesie, Mahlerey, und dergleichen, woran er nicht Theil nahm, was er aber gern an ihr bewundern hörte. In dem Grad, wie sie ihn unzugänglich fand, mäßigte sie furchtsam ihre Äusserungen. Sie hatte ihm vertrauen wollen, er hatte überbefriedigt geschienen: Sophie beschied sich, und ihm fiel es nicht ein, daß diese Augenblike noch über den Hochzeittag hinaus Folgen haben könnten. Dieser ward gefeyert, und es war eben der Tag, da Schellberg in Bremerlehe zu Schiffe gieng.

Sophie nahm ihre sonderbare kalte Exaltation mit in ihre Ehe. Sie wußte nun, was Liebe war; sie liebte aufs reinste, innigste, und eben so ward sie geliebt; mit der gänzlichen, aber freywilligen Hoffnungslosigkeit ihrer Liebe glaubte sie sich völlig zufrieden. Ihr hätte jede Reue, jeder Wunsch romanhaft geschienen: zu lieben verhinderte sie ja nichts, Schellberg war die Gottheit ihres Herzens, sie lebte durch ihn und in seinem Andenken, und das erste Opfer, das sie auf seinem Altar niederlegte, war die Erfüllung ihrer Pflichten. Manchem andern Ehemann hätte dieser Bewegungsgrund wohl nicht entgehen – und schwerlich gefallen können. Z. schrieb die Verdienste und Tugenden seines neunzehnjährigen Weibes, die er ohnehin nur in Pausch und Bogen zu schätzen wußte, ganz auf Rechnung ihrer Vernunft An einer so künstlichen Existenz mußte nach und nach bald dieses bald jenes Gerüste abbrechen. Doch hielt Sophie ihr Loos nur für das allgemeine Loos ihres Geschlechts, das sie nur etwa bitterer fühlen möchte. So bildete sich ihr Wesen immer fester aus Resignation und Exaltation; einige Wunden zwar schlug ihr ein härteres Schiksal: Ereignisse, die wohl auch anders hätten kommen können – sollte sie aber ein besonderes Verhängniß anklagen, da es im gewöhnlichen Alltagsgang ihres Lebens, unter Menschen, die es vielleicht zur unverdienten Ehre der Menschheit gereichte, Alltagsmenschen zu nennen, für das glühende, liebevolle Herz so manche nicht weniger tiefe Wunden absezte?

Sie hatte in den ersten Jahren eine Freundin – keine Vertraute, die hatte sie nie, aber ein edles weibliches Geschöpf, dem sie oft wohlthat, von dem auch sie empfing, und bey welchem sie über ihre Grundsätze raisonnirte: eine Gewohnheit, die bey ihrer Lage und Stimmung oft ein heilsamer Ableiter war. Diese Freundin entriß ihr der Tod. Sie war zweymal Mutter, die Kinder starben beyde im ersten Jahr. Sie hatte sie unendlich geliebt; so wie sie aber ihr Daseyn mit stetem Mißtrauen in die Dauer dieses Glüks genossen hatte, so ertrug sie den Verlust mit starrer Ergebung. Es ist das Loos der Menschheit, sagte sie gefaßt: aber ihr irrendes Auge, ihre ängstliche Geschäftigkeit, ihre wankende Gesundheit verriethen, wie unzulänglich dieser künstliche Stoizismus war.

Schellberg schrieb, der Abrede gemäß, nur selten, nur nach jeder überstandenen Gefahr, daß er noch lebe, noch liebe. Die ersten Briefe zeigte Sophie ihrem Gemahl; er gab wenig darauf Acht, machte ein und das anderemal einen gleichgültigen Scherz. Sophie hatte die Briefe zitternd empfangen; sie hatte die wenigen Worte, welche nöthig waren, um sie ihrem Mann zu überreichen, kaum aussprechen können: sie fühlte, daß sie ihm den Pfandschein ihrer Treue und Ehre in die Hände gäbe; aber Z. wußte von dem allen nichts – und Sophie zeigte ihm keinen Brief mehr. Wenn einer gekommen war, so ließ sie ihn offen auf dem Tische liegen, bewachte ihn mit ihrem blizzenden Blick, that gleichgültig, und nach ein paar Tagen, wenn keine Neugierde ihren Mann angetrieben hatte, ihn zu lesen, verschloß sie ihn in ihr Pult.

Noch als Weib so ganz glühendes Mädchen in ihrem Innern, sagte sie wohl bisweilen mit falscher Matronenweisheit zu jüngern Bekanntinnen, die von Herzensangelegenheiten überströmten: die Wirklichkeit ist immer kahl gegen unsre Schwärmereyen, und wir thäten den Menschen um uns sehr Unrecht, wenn wir ihr Gefühl nach unsrer Fieberhitze abmessen wollten. – Dieses that sie freylich nicht, aber sie entfremdete sich von den Menschen; sie forderte nichts von ihnen, sie duldete sie aber auch nur.

Wie es auf diese Weise um die Erfüllung ihres edeln Traumes, Glük zu verleihen, das sie selbst entbehrte, aussehen mochte, wird man leicht ermessen können. Es giebt einen Egoismus von Aufopferung, dessen Berechnungen eben so trüglich, und bey aller Großmuth der Absicht, im Grunde nicht weniger ungerecht sind, als die Berechnungen eines jeden andern Egoismus. Sie machte ihren Mann nicht glüklich, ob sie gleich unaufhörlich darnach strebte. Wenn ein ungewöhnlicher Karakter wohlthätig auf einen gewöhnlichen wirken sollte, mit dem er in steter Berührung wäre, so würde in jenem eine gewisse abstrakte Überlegenheit seyn müssen, die doch eher darauf aus seyn würde, Menschen zu gebrauchen oder zu beherrschen, als sie zu beglücken. Hier liegt ein Hauptgrund, warum Mädchen von schöneren Anlagen, wenn ihre Geistesblüthe nicht verwittert, so oft verkehrte Weiber werden. Z. war zwar des Grübeins zu wenig gewohnt, um eigentlich unglüklich zu seyn; aber selbst wenn er Mangel gefühlt hätte (ein Gefühl, das schon Reichthum voraussetzt), würde er zu gutherzig gewesen seyn, um es mit seinem Willen Sophien entgelten zu lassen. Aber ohne seinen Willen, ohne sein Bewußtseyn, und meistens wohl, weil Sophie des lezteren zu viel hatte, mußte zwischen diesen beyden Menschen manches, gleichsam von selbst so kommen, daß auch das sanfte stille Bild einer guten Ehe sich nie zwischen Sophiens leicht verwundbarem Gewissen, und ihren hohen unerfüllten Bedürfnissen so recht tröstend stellen konnte.

So waren vier Jahre verflossen, als Herr von Z. plözlich am Schlagfluß starb. Er hinterließ seine Gattin im Anfang einer Schwangerschaft. Sie wurde durch seinen Tod auf mehr als eine Weise erschüttert. Zum Theil hatte sie eine lange Zeit alle ihre Pflichten in ihm vereinigt, hatte sein vieles Gute studirt, ihr reicher Geist hatte den trefflichen und redlichen Geschäftsmann in ihm

schätzen gelernt; vorzüglich aber wirkte auf sie die Neuheit ihrer
Lage, die Freyheit ihres Willens bey einem immer gleichen Wider-
streben der Umstände. Sie hatte sich fast besser, und gewiß leichter
befunden bey der absoluten Unmöglichkeit, Schellberg anzugehö-
ren. Jezt war er fern, war so arm wie ehemals; sie hatte sich überre-
det, durch ihre vierjährige Ehe fast veraltet zu seyn, sie war in Begriff, Mutter zu werden – Durch diesen lezten Umstand bekam ihr
Gefühl einen neuen Schwung; ihres Gatten Andenken hatte für ihr
Herz etwas Feyerliches durch diese Fortsetzung des Bandes, das ihn
im Leben mit ihr zusammenknüpfte. Sie war inniger eins mit ihrem
Kinde, um seiner verlassenen Lage willen, die sie mit tiefer Wehmuth empfand; ihm war sie sich ganz schuldig – und seinetwegen
wäre ihr doch Schellbergs Schutz so werth gewesen!

In diesem Streit der lebhaftesten Gefühle giengen einige Monate
hin, während deren sie nichts von ihrem Freund vernahm; nur aus
öffentlichen Nachrichten wußte sie, daß verschiedene Regimenter
zurükkehrten. Jetzt ward ihr Vater von einer langwierigen Krankheit befallen. Das älteste ihrer Geschwister, ein Knabe, machte ihm
vielen Kummer; sie tröstete und pflegte ihn, hielt sein mattes
Haupt, wie er zum lezten langen Schlummer entschlief. Sie schmekte die reinste Befriedigung eines weichen Herzens, einem fühlenden
Geschöpf die letzte wohlthätige Empfindung gegeben zu haben –
diese ganz reine Befriedigung, weil kein Dank, keine Rükkehr in
das gleichgültige Leben sie entstellt oder sich mit ihr vermischt.
Aber ihre Gesundheit hatte in ihren Umständen dabey gelitten; sie
glaubte sich in Gefahr, und wie sie eben damals einen Brief von
Schellberg erhielt, der ihr aus England seine nahe Rükkehr meldete,
fand sie es ganz natürlich, daß sie bald sterben würde. So glüklich
zu werden, in diesem sonderbaren Augenblik den Mann wieder zu
sehen, für den sie allein gelebt, wenigstens das Leben ihres Herzens
gelebt hatte, ihm angehören zu können: das war alles so romantisch,
daß sie auch nur so ungläubig wie über eine schöne Romanenun-
wahrscheinlichkeit darüber lächeln konnte; ihr Tod schien ihr weit
mehr in den gemeinen Gang der Dinge zu gehören. An die Mög-
lichkeit, daß ihr Freund kommen könnte, ehe sie die Augen ge-
schlossen hätte, dachte sie mit herzlicher, dankbarer Freude. Dieser
fest gefaßte Gedanke bewog sie zu einer angestrengten Thätigkeit.
Sie brachte ihres Vaters Geschäfte auf das Pünktlichste in Ordnung;

sie vermochte ihre älteste Schwester, ein Mädchen von achtzehn Jahren, zu einer sehr vernünftigen Heirath; sie empfahl ihr, ob sie gleich an dessen Leben zweifelte, doch auf den Fall, daß es lebte, ihr künftiges Kind; sie ließ sich von ihr versprechen, daß sie seine Erziehung bis zu einem gewissen Alter auf sich nehmen würde – Dann ziehest du einen Freund seiner Mutter zu Rathe, dem ich diesen Beweis meines Zutrauens schuldig bin. So sagte sie und verwies die Schwester auf ihren lezten Willen, den sie ihr versiegelt einhändigte.

Vierzehn Tage vor ihrer Niederkunft kam Schellberg in *bürg an. Er nahm sich nicht die Zeit, Erkundigungen einzuziehen. Da er die Wohnung der Frau von Z. nicht kannte, eilte er in ihres Vaters Haus. Er wußte nichts von dem Tod seines alten Freundes; bey seiner Ankunft auf dem festen Lande hatte er durch einen Brief von seiner Geliebten erfahren, daß er sie als Wittwe wiederfinden würde: von ihrem Zustand hatte sie aus Wehmuth und Sittsamkeit nichts geschrieben. Er kam mit dem festen Entschluß, Z.'s Wittwe zu seiner Gattin zu machen. Zwar kehrte er, nachdem er in fünf Feldzügen mit Ehren gedient, während des Krieges eine sehr starke Gage genossen hatte, und nun zum Major avancirt war, dennoch so arm als da er abreiste, wieder zurük, weil ihm sein kindlich edler Karakter jede Spekulation auf den morgenden Tag unmöglich machte. Allein er hatte bey dieser fünfjährigen Erfahrung ein wichtiges, und in seinem reinen Verstande unerschütterliches Resultat gewonnen: daß unser Bewußtseyn der sichre Grund unsres Glüks ist, und daß Armuth nur in der Unmöglichkeit andern zu helfen besteht. Mit dieser Überzeugung konnte ihn nichts mehr abhalten, zu thun, was er ohnehin der Konvenienz schuldig seyn würde, und was ihm fünf Jahre lang in allen Gefahren des Kriegs als Ziel seiner Wünsche vorgeschwebt hatte, ob er gleich bisher nie die Hoffnung, es zu erreichen, genährt hatte; – denn sich mit einer Aussicht zu schmeicheln, die auf dem Tod eines Menschen beruhte: dazu war sein Herz zu gut und zu weich gewesen. Einst, wenn die wohlthätig erkältende Hand des Alters das Feuer seiner Wünsche gelöscht haben würde, zu ihr zurükzukehren, und neben ihr alt zu seyn: das war alle Hoffnung, die er sich in seinen Briefen aus jenem fernen Welttheile zuweilen erlaubte.

Jetzt kehrte er zurük, aber mit den Ansprüchen der Jugend, und der Festigkeit eines Mannes. Er fragte bey seinem Eintritt in das Haus nach dem Obristen – Ach Gott, der ist todt, und des gnädigen Herrn Schwiegersohn auch! antwortete ihm der alte Bediente, der ihn nicht sogleich erkannte. Indeß war das jüngste von Sophiens Geschwistern herausgetreten, seine ehemalige Spielkameradin jezt ein großes Mädchen. Sie erblikte ihn, staunte, öfnete die nächste Thüre, und rief: Sophie, der alte Freund!

Er hielt – zum erstenmal hielt er das geliebte Weib in seinen Armen. Sogleich mußte er an ihrer Gestalt ihren Zustand wahrnehmen. Es war ein unaussprechliches Gemisch von Entzücken und innigem Mitleid und eigenem Schmerz. Er weinte auf ihren Händen – Mein Weib – darum zwiefach mein Weib! sagte er heftig bewegt. Sie verstand ihn und antwortete mit sanfter Ruhe: dein Weib! und ihr Kind ihr heiligstes Vermächtniß! – Dieses lezte Wort machte ihn aufmerksam, die Stimmung ihres Gemüths ward ihm bald deutlich: er war zu männlich, um sich von Besorgnissen anstecken zu lassen, die einem Weibe unter solchen Umständen so natürlich sind; er widerlegte sie, und wunderte sich nicht, daß er nichts damit ausrichtete. Doch theilte ihm ihre traurige Fantasie eine gewisse Spannung mit: dieses Kind, von dem sie ihren Tod erwartete, dem sie sich im Voraus mit so inniger Liebe opferte, kam ihm wie ein fremdes, ja wie ein feindseliges Wesen vor, das die Blüthe seines Glüks zerstörte. Aber einem Herzen wie das seinige mußte die treue Bemühung, ein solches Gefühl zu bekämpfen, bald gelingen. Er söhnte sich mit dem unschuldigen Geschöpf aus, indem er, jener Blüthe entsagend, den Besiz der gereiften Frucht unverzüglich festzuhalten beschloß. Als er am folgenden Morgen Sophien wiedersah, forderte er sie mit allem Ernst der Liebe auf, ihm in diesem nämlichen Augenblik, wo sie nächstens ihre Niederkunft erwartete, ihre Hand zu geben, und ihm so alle Rechte wie alle Pflichten des Vaters gegen ihr künftiges Kind zu übertragen. Sie küßte mit sanftem Dank die Hände des edeln Freundes, und ihr Todesglaube machte die Freude doppelt lebendig, mit welcher sie seinen Vorschlag annahm; über den Traualtar weg jenseit des Grabes hinblikend, strömte ihr Auge von Liebe über, und das Weib und die Mutter schmolzen gegenseitig in ihr zusammen. Schellberg machte alle nöthigen Anstalten. Sie ward die Seinige, eben da sie unter den heftigsten Schmerzen ihrem

Tod entgegensah. Seine frohere Hoffnung siegte; Sophie gab einem gesunden Mädchen das Leben, sie lebte selbst; Liebe und Aussicht auf glükliche Tage stellten ihre Jugend und ihre Kräfte wieder her. Was sie noch nie kannte, Genuß des Daseyns, empfieng sie mit dankbarer Rührung aus den Händen des Geliebten, dem sie sich wie einer wohlthätigen Gottheit dafür verpflichtet hielt. Er verließ sie bis zu ihrer völligen Genesung keinen Augenblick, den er nicht der Sorge für seine künftige Einrichtung widmen mußte. Seine Lage war wunderbar und reizend; ohne Noviziat und Weihe fand er sich Priester im Heiligthum der Ehe. Er hoffte noch auf Freuden, indeß er alle Pflichten erfüllte, und ihren Lohn genoß.

Sobald Sophie hergestellt war, reiste er nach seinem Vaterland, um ihr dort ihre Wohnung zu bereiten. Ihr Briefwechsel während dieser Trennung war der Vorschmak des reinsten Glüks, war schon selbst Glük wie es selten Liebenden zu Theil wird. Von zärtlicher Sehnsucht gewürzt, knüpften hier Achtung, Dankbarkeit, Vertrauen einen Bund, in welchem Arbeitsamkeit, Genügsamkeit, Wohlthätigkeit leichte Tugenden wurden. Nach einigen Monaten kam Schellberg zurük, und führte seine Gattin nach P., einem schönen Flecken, wo sein Regiment in Quartier lag.

Es wird mir so schwer, von dieser ersten – und einzigen lichten Stelle in Sophiens Leben zu scheiden! Und was wäre dennoch mehr davon zu sagen? Jedem menschlichen Wesen, dessen Empfindungsweise es hier der Unsterblichkeit nähert, gewährt auch schon sein Erdenleben einen solchen – nur zu flüchtigen Augenblik. Und kann das Schiksal danri mehr gewähren? Hat es nicht ewige Gesetze, die ihm verbieten, ein ganzes Erdenleben zu gewähren, das wie ein solcher Augenblik wäre? Diesen in der Vernunft als Bürgschaft der Unsterblichkeit noch festzuhalten, wenn ihn die wechselnden Wogen des menschlichen Daseyns schon längst mit sich fortrissen: das ist freylich sehr viel weiser, als darüber hinaus bis an das Grab sich aufreiben in eitler Trauer um verschwundene Träume, in schmerzlich scheinenden Ahndungen ihrer Wiederkehr jenseit der ewigen Ruhe. Wollen wir aber unsre Sophie verdammen, daß sie so weise nicht war?

An unbefangne Freyheit des Gefühls wenig gewöhnt, baute Sophie furchtsam und mistrauisch an ihrem häuslichen Glük – ihr fehlte der Glaube daran; alles was ihr Freude machte, schien ihr nur dem heutigen Tage zu gehören, und für den morgenden hatte sie, statt Hoffnung, nur Ergebung. Ihre äussere Lage ward bald sehr angenehm. Einfach, thätig, mitleidig, ward sie die Pflegerin der Armen und Kranken in ihrem Dorfe. Sie hatte ihre jüngste Schwester bey sich; in der Erziehung dieses Mädchens gab sie der Gegend ein Beyspiel von Liebe, Sanftheit und Sorgfalt. Ein anderes Beyspiel, von Muth und Ergebung, gab sie durch die Art, wie sie eine grausame Probe bestand, die ihr das Schiksal in dieser Zeit auflegte. Ihr Kind, das sich die ersten Monate sehr wohl befunden hatte, bekam die Blattern; der Arzt behandelte es schlecht, es behielt ein offenes Geschwür, und starb nach langem schmerzlichem Kränkeln. Das traurige Bild, das sie vor Augen hatte, wirkte um so heftiger auf Sophien, als sie die Aussicht hatte, von neuem Mutter zu werden. Sie kämpfte heldenmüthig gegen diese widerwärtigen Eindrücke, und wenn die Farben ihrer Fantasie dadurch finsterer wurden, so fühlte sie sich doch in ihrem Gatten unendlich glüklich: welches andre Weib, fragte sie sich oft, hat für ihren Kummer ein solches Herz, einen solchen Geist zum Ersaz?

Schellberg war nun im Hafen; seine Bestimmung war erreicht, nach der er heftig und hartnäckig gestrebt hatte, und mit heiterer Ruhe stand er am Ziele. Der unstäte Jüngling, der hoffnungslose Liebhaber war Gatte, war Vater geworden – was hätte seinen Blik trüben können, da hinter ihm sein gutes Gewissen, und vor ihm sein guter Wille lag? Er erfüllte die Pflichten seines Standes; sobald diese abgethan waren, beschäftigte er sich leidenschaftlich mit militärischer Geschichte, mit den Wissenschaften seines Gewerbes; seine Sophie war seine einzig liebe Gesellschaft: ihrer Theilnahme an allem was ihn interessirte versichert, trieb er seine Arbeiten und seine Lektüren gemeinschaftlich mit ihr. Ihr lebhafter und schon sehr gebildeter Geist hatte noch dazu die ganze ihrem Geschlecht eigne Biegsamkeit: sie las mit heroischem Schwung die Geschichte der alten Kriege; und da zwey Kinder, die sie nach einander zur Welt brachte, ihre Zeit sehr beschränkten, so saß sie nicht selten spät in die Nacht, und arbeitete mit Zirkel und Reisbley an taktischen Planen. Diese machten oft die ganze Unterhaltung auf ihren Spaziergängen mit ihrem Mann; er erzählte von seinen Feldzügen, er machte Dispositionen auf jenem Hügel, auf dieser Ebene – doch auf einmal stand Sophiens Auge voll Thränen: sie sah im Geist die blühenden Saaten gestampft, die Hütten in Flammen; mit gutmüthigem Verdruß, theils daß er in seiner militärischen Begeisterung gestört wurde, theils daß sie weinte, drohte ihr Schellberg, nicht wieder mit ihr zu sprechen; sie schwieg, und verschlukte ihre Thränen, weil sie fühlte, sie habe Unrecht, aber auch aus falscher Resignation in fremdes Unrecht, das sie durch anmaßliche Beschränkung der unabänderlichen Formen ihres Empfindens und Denkens zu leiden meynte.

Die Verhältnisse, welche die natürliche Beschaffenheit beyder Geschlechter stiftet, bringen überhaupt allzuleicht diesen Kontrast hervor: daß die Eigenschaft als Gatte und Vater des Mannes heftige Gefühle in einen sanfteren, beschränkteren Kanal leitet, während das Weib oft erst als Frau und Mutter den höchsten Grad alles Affekts, dessen sie fähig ist, erreicht. Bey ihr wetteifern Gefühl und Erfüllung der Pflicht; bey dem Manne dämpft Befriedigung das erste, und dieser lohnt unleidenschaftlicher Genuß. Oft freylich giebt sich das wie es soll; trift es sich aber, wie es bey Sophien und Schellberg der Fall ist, daß in den Karaktern schon viel natürlicher Kontrast liegt, so kann eben dieser, welcher die Liebe gründete, in der Ehe trauriges Unheil stiften – die am innigsten vereinigten Herzen können sich von einander abwenden: unauflöslich eins, trennen sie sich nicht, aber sie reissen gegenseitig an einander, und fühlen ihre Unzertrennlichkeit nur in ihrem Schmerz, der dann das zarteste zuerst zerstört.

Ein einzigesmal hatte Schellberg Leidenschaft und Unglück gekannt: das war als er hoffnungslos liebte. Dafür hatte er sich nun Entschädigung erkämpft, und der nämliche Muth, mit welchem er dieses zu Stande gebracht hatte, äusserte sich jezt ohne Kampf in froher Thätigkeit, in heiterm Ertragen vorübergehender Unfälle, in ungestörter, aller Fantasie entbehrender Zufriedenheit mit der Wirklichkeit. Nie tief aufsuchend, aber leicht empfangend und mittheilend, nie mistrauend, nie beym gegenwärtigen Guten das nahe Übel und stets bey gegenwärtigem Übel fernes Gutes berechnend – und im täglichen Leben paßte sich das alles der einfachen, manchmal fast unzierlichen Form des leichtherzigen Soldaten an. Aber in Sophiens ewig reger Einbildungskraft und unendlich weichem Herzen vermischte sich jeder Genuß, zu welchem der Augenblik sie einlud, mit Erinnerung an vergangene Leiden und Ahndung künftiger: sie hätte desto inniger genossen, wenn sie fähig gewesen wäre, neben einem Wesen, das sie liebte, allein zu geniessen; das Streben nach Gemeinschaft zog gegenseitige Misverständnisse, und von ihrer Seite heftige Aufwallungen die für den guten Schellberg unerklärlich waren, oder verschlossenen Unmuth nach sich. Zudem hatte sich ihr Geschmak an eine Eleganz gewöhnt, die nicht von dieser oder jener bürgerlichen Lage abhieng, die sich in jeder Lage zu erhalten wußte, die in jeder Bedürfniß für sie war. So war sie auch in ihrem häuslichen Umgang immer gleich gefällig, gleich aufmerksam, und ihre Liebe blieb immer Leidenschaft, immer Bewerbung; da aber diese Stimmung nur in ihr war, und sie, wo sie bey dem Weibe allein ist, etwas Unnatürliches und Demüthigendes hat, so mischte sie einige Bitterkeit in ihr Wesen. Ihre Vernunft belehrte sie über ihr Unrecht gegen ihren braven Freund, allein ihr Gefühl blieb dasselbe; unterdrückt oder ausbrechend, blieb es mit einem unendlich lebhaften, der schnellsten Übergänge gewohnten Karakter gepaart, und so ward ihr Betragen sehr ungleich, ja nicht selten gerade in dem Verhältniß ungleicher, in welchem Schellberg, wohlmeynend überzeugt, daß dieses Mittel anschlagen müsse, und sich bewußt, welchen Schaz von treuer, redlicher und ewig bewährter, jeder Probe gewachsener Liebe er ihr damit darböte, seine ganze Gleichmüthigkeit entgegenstellte.

Nach und nach ordnete sie diese oft sehr störenden Bedingungen ihres Glüks in ihrer übrigen Denkart. So unvollkommen, sagte sie zu sich selbst, ist also selbst das Höchste, Schönste, was dem Menschen beschieden ist! Mußte sie aber darum in ihren Ansprüchen bey einem andern nachlassen, so gehörte ja doch, daß sie solche Ansprüche zu machen wie zu erfüllen organisirt war, auch in die Wirklichkeit. Da grübelte sie dann viel über die Fähigkeiten ihres und des andern Geschlechts, und aus ihren Erfahrungen und Beobachtungen glaubte sie das sichere Resultat zu ziehen: die Weiber stünden eine Stufe höher unter den empfindenden Wesen, die Verbindung der Materie mit dem Geiste wäre bey ihnen zarter und loser; deswegen paßte das Glük, was den Menschen bestimmt wäre, weniger für sie, und die Natur hätte ihr Daseyn aus Entsagung gewoben und aus Leiden und Freuden, für welche sie die reine Sympathie, nach der sie stets trachteten, nie finden könnten, indeß das Daseyn der Männer, auch wo es am vollendetsten schiene, ewig nur im Wechsel von Arbeit, Genuß und Ruhe fortgienge. Zufrieden konnte, bey ihrer innigen unbegränzten Liebe für Schellberg, bey ihrer Anerkennung seines Werthes, dem in ihren Augen keines andern Mannes Werth beykam, ein solches Resultat sie nicht stellen. Sie hätte ihn so gern neben sich, über sich, auf der Leiter der Wesen erblikt! Da unternahm sie es dann wohl in der Fülle ihrer Liebe, ja um ihres Gewissens willen, ihn auf das allzu Irrdische, allzu Seelenlose seines Betragens aufmerksam zu machen. Bey seinem Engelherzen, oder – weil wir uns doch Engel nur als Kinder vorzustellen wissen – bey seinem Kinderherzen wäre eine heitere Aufstellung von Thatsachen wohl das Beste gewesen; aber von ihrem allzufeinen Gefühl, und ihrer Verwöhnung überrascht, war sie selten dazu fähig. Auch konnte sie mit vernünftiger Überlegung keine Klage vorbringen, die gegen ihre Achtung für ihren Mann, gegen ihr Vertrauen auf seine Liebe hätte aufkommen können, und dieser Widerspruch mischte meistens Heftigkeit und Schmerz in solche Erörterungen. Freylich war Sophiens Zwek zu sichtbar edel, ihr Liebe zu unverkennbar, Schellberg selbst zu zärtlich und brav, als daß durch solche Auftritte nicht wirklich auf einige Zeit Sophiens Absicht erreicht worden wäre; allein dies geschah nur indem Sophie, schwärmend vor Reue, dem über alles geehrten Mann wehgethan zu haben, sich gegen die störenden Kleinigkeiten unempfindlicher machte: sie hatte sich darum nicht deutlich erklärt, Schellberg hatte in seiner unbefangenen Einfachheit sie nur halb verstanden – sah er sie nicht mehr unglüklich, so ließ er sich sorglos wieder zu seinen kleinen Nachläßigkeiten hingehen; ja zuweilen fühlte er sich wohl in seiner Freyheit beeinträchtigt, wenn man ihn sein häusliches Wesen nicht ungestört treiben ließ. Ihm fiel es nicht ein, daß an dieser oder jener Art, die Pfeife auszuklopfen, an dieser oder jener Gewohnheit bey'm Essen, bey'm Ankleiden, Leiden oder Genüsse der Liebe hängen könnten; er ahndete nicht, daß solche Dinge in Sophiens Augen die Liebe zu einem dürftigen Geripp entstellen konnten. Wenn er sich dann einmal zum Unwillen hinreissen ließ, daß solche unbegreifliche Grillen gewaltsam die arglose Harmonie seines Daseyns unterbrächen, so widerstand Sophie nicht: sie fühlte ihren Irrthum, ihr Unrecht, sie nahm ihre Forderungen zurük – und überzeugte sich immer fester, daß den Männern das Kleinod der Liebe, um welches sie, Wilden gleich, auf Leben und Tod kämpften, wenn sie es errungen hätten, zum alltäglichen, nur noch nüzlichen Hausrath würde.

Zeigt sich dieses – so dachte sie oft – auch an einem solchen Manne bewährt, schmachtet auch eine Liebe wie die meinige unter jenem allgemeinen Gesez des Schiksals, zahlt auch eine Ehe wie die unsrige, wo Achtung und Zärtlichkeit nie erkalteten, der menschlichen Gebrechlichkeit diesen Zoll: wie könnte es je anders seyn? – Dann verlor sie sich in ihren Betrachtungen über das Loos des Weibes. Sie suchte den Sinn jenes auffallenden Kontrastes zwischen dem geistigeren Schwung in der Natur des Weibes, und einem Gesetze, das sie unaufhörlich und demüthigend an ihr Geschlecht, an Materie, an Thierheit mahnt. Durch dieses Gesez, das sie den Pforten des Todes – aber auch der Unsterblichkeit immer nahe erhält, ist ihr die untergeordnete Stelle in der Gesellschaft offenbar angewiesen, während ihr als Mutter, als Erzieherin das Wohl des künftigen Geschlechts, als Geliebte, als Gattin, der Werth des Mannes überantwortet ist. In ewige Harmonie löste sich dann bey ihr der ewige Streit, und Stolz über die wunderbar schöne Bestimmung war es, was ihre Augen mit Thränen füllte: wie kann, rief sie, und Schellberg, der ihre schwärmerische Ergiessung liebevoll anhörte, gab ihr Recht – wie kann es Weiber geben, die ihr Loos als Sklaverey fühlen?

Aber nur zu oft verfolgte ihr ewig reger Geist auch andere Vorstellungen, und dann hatte Schellberg viel zu ertragen. Ihre Meynung, daß das Unglük der meisten Ehen keine andere Quelle hätte, als die Vernachläßigung des Betragens im täglichen häuslichen Leben, war so eingewurzelt, daß sie nicht zweifelte, auch ein durch Widerspruch der Karaktere und Neigungen sonst unglükliches Ehepaar könne immer noch Ehre und Selbstachtung, also Muth zu den schwersten Pflichten erhalten, wenn es sich nur nie gesellschaftliche Vernachläßigung erlaubte. Sie gieng dem Ursprung der Untreue manches Weibes nach; sie dachte sich so manches, von ihrem Geliebten und Bräutigam verwöhntes, unschuldiges Mädchen, wie es nun Gattin würde – für ein zartfühlendes Weib ist der sinnliche Genuß nur höchster Beweiß ihrer Liebe; nicht um der Wollust willen, sondern für den Dank ihres Geliebten ergiebt sie sich, und ihr Herz hat so wenig mit den Sinnen zu thun, daß sie seufzt, indeß der Geliebte schwelgt, und erst, wenn er ihre Thränen aufküßt, genießt. Aber von dem allen weiß der Ehemann bald nichts mehr; er besizt; er liebt sein Hausweib, die Mutter und Wärterin seiner Kinder, seine Köchin, seine Gesellschafterin – was aber, von dem Bräutigam zur Braut, Liebe geschienen hatte, die innigen oder stürmischen Gefühle, die Liebkosungen, die Verherrlichung der Geliebten: das war nur die Bewerbung des Menschenmännchens, wie das Windspielmännchen nach seiner Art auch um sein Weibchen buhlt. Unverändert bleibt unterdessen bey der Frau die Stimmung ihres Geistes, das Bedürfniß ihres Herzens: doch geschieht es oft, daß ihre Lage, die Pflichten, die Freuden und die Leiden ihrer Existenz als Mutter, sie ruhiges Entbehren lehren, bis bleyerne Gewohnheit ihr Wesen ihrem Verhängniß gleichstellt, oder die Hand des Alters sie fühlloser macht. Wenn aber ein anderer Mann erschien, und aus seinem Munde wieder jene Sprache in ihre Ohren tönte, die sie sonst mit solchem Entzücken vernommen hatte, wenn er ihr die Achtsamkeit, die sanfte Beschützung weiblicher Schüchternheit wieder darbot, der sie sich einst so gern hingegeben hatte, wenn er wieder fand, und indem er es fand, wieder erschuf, was sie schon mit den entflohenen Jugendträumen beweinte: Reiz und Liebenswürdigkeit, wenn – wenn sich nun die Arme zum zweytenmal betrügen ließ, o dann falle der Fluch auf den selbstsüchtigen, stumpfsinnigen Ehemann, nicht auf die Unglükliche, der das Grab allein jezt einen treuen Freund gewähren wird!

Diese Ideen pflegten so lange in Sophiens Kopf zu gähren, bis irgend ein Zufall ihnen einen bittern Ausbruch gab. Oft wandte ihn die Liebe der beyden Menschen schnell zum Besten; oft fiel dann von Schellbergs Seite ein Wort, welches den schönen Bund zwischen dem treflichsten Herzen und dem hellsten Verstand so wohlthuend ankündigte, er zeigte bey so vielem Mitgefühl für das Unglük, welches von Pflicht und Tugend abführte, eine so einfache, so vorurtheilsfreye, und doch so unerschütterliche Achtung für Tugend und Pflicht und Recht, daß Sophie mit einer Art Anbetung gegen ihren Mann, blos noch ihr unendlich verlezbares Herz anklagte, dem sie jedoch in solchen Augenblicken unnennbare Seligkeit verdankte. Fügte sich's aber unglüklicher Weise, daß Schellberg nicht in ihre Ideen eingieng, ihrer flammenden Empfindung seine heitere Beschäftigung des gegenwärtigen Moments entgegenstellte, so schoß Unwillen aus ihrem Blik, ihr Gefühl war fast Rachgier, bis sie sich sammelte, wehmüthig spielend ihren Gatten küßte, und den Schaz von Zärtlichkeit und Fantasie, mit dem er nichts anzufangen wußte, wieder in ihr Innerstes verschloß.

Ihre ländliche, einsame Lage, die ohnehin so viel Reizendes für sie hatte, schien ihr zuweilen auch im Zusammenhang mit dieser Stimmung ein besonderes Glük. Keine ihrer gesellschaftlichen Verbindungen sezte sie hier der Gefahr aus, in einem Augenblik gereizter Eitelkeit, bedürftiger Weichheit, von irgend einem Manne zu empfangen, wonach sie bey Schellberg oft vergeblich sich sehnte. Ihr ganzer Umgang beschränkte sich auf höchst alltägliche Menschen, auf einige Amtleute und LandAdliche, auf die Offiziere von Schellbergs Korps, die in den umliegenden Dörfern zerstreut lagen, und sämtlich viel zu einfache, zu ungebildete, in jedem Sinn des Worts zu subordinirte Menschen waren, um mit ihr in andre Berührungen zu kommen, als daß sie allenfalls sich verwunderten, eine so gescheute Frau so höflich zu finden. Sophie war lieber mit ihren Bäurinnen als mit allen den Leuten; am liebsten arbeitete sie unter ihren Kindern, und für sie. Wenn ihr Mann zuweilen von Fremden, mit denen er in Konnexionen stand, besucht wurde, fühlte sie eine Art Überraschung, sich noch gefallend und geistreich zu finden. Dann hätte sie sich gern der Freude überlassen, daß Schellbergs Frau für liebenswürdig erkannt würde, daß sie ihm wirklich viel seyn, viel Entschädigung geben könnte. Allein auch hier mußte ihre Empfindung zu kurz kommen. Ihr gesellschaftliches Talent, der Zoll von Bewunderung, den ihre Liebenswürdigkeit von Menschen, die er schäzte, erhielt, machten eben keinen besondern Eindruk auf ihn, der alle ihre Verdienste einen Tag wie den andern kannte und liebte. Kurz sein Karakter war ein ganzes festes Wesen – wie eine ägyptische Pyramide die vollkommenste Form der Dauerhaftigkeit, der Vollendung von Arbeit; Sophie schäzte sie nach ihrem unverkennbaren, unvergleichlichen Werth, und vermißte doch ewig die schöne korinthische SäulenGestalt, oder das kühne, fantastische, maurische Gewölbe.

Ihre Ehe hatte nun fünf Jahre gedauert, zwar nicht vollkommen glüklich, aber doch eine der edelsten, schönsten, durch welche je ein Weib mit einem Manne verbunden ward. Sophie war über ihr acht und zwanzigstes Jahr hinaus, und noch immer schön, oder vielmehr reizend. Die Eingeschränktheit ihrer häuslichen Lage that in mancher Rüksicht beyden wohl. Als indessen Schellberg unter sehr vortheilhaften Bedingungen nach ***g berufen ward, wo der Fürst eine Ingenieur-Schule angelegt hatte, nahm er, Vater von drey Kindern und ohne alles eigene Vermögen, diese neue Bestimmung, die seinem Geschmak so angemessen war, freudig an. Doch Sophie verließ ihr stilles Dorf mit Widerwillen, mit erneutem Mistrauen in die Zukunft. Sie fürchtete ihr durch Einsamkeit und gleichförmige Beschäftigung noch zarter und höher gewordenes Gefühl. Hier war sie ihrem Manne alles gewesen, und das nicht blos weil er nichts anderes hatte – nein, sie ließ sich Gerechtigkeit widerfahren, sie wußte, er würde sie vor allen gewählt haben zu seiner Gesellschafterin. Aber seine Lage in der Stadt versprach ihm andre Verbindungen, deren Benutzung sie selbst ihm würde anrathen müssen; seinem für alles empfänglichen Sinn würden die Vergnügungen einer großen Stadt, vor denen Sophien ekelte, und für welche ihre Gesundheit auch gar nicht mehr gemacht war, willkommen seyn, und er würde sie, im Gefühl seiner Unzertrennlichkeit von seiner lieben Sophie, ohne Arg gemessen, entweder mit ihr, oder kindlich froh um sie dabey zu entbehren, und dann zu Hause traulich davon zu plaudern. Sie aber, das empfand sie, im Voraus schon unzufrieden über sich, würde dadurch verstimmt seyn, und die Verschiedenheit ihrer Lebensart würde Diskordanzen unter ihnen hervorbringen. Sie nahm sich fest vor, sie war sicher, ihn nie von etwas abhalten zu wollen, nie einigen Mismuth gegen ihn zu äussern; aber das Recht, in ihr Herz zu bliken, konnte sie ihm so wenig je absprechen, als sich die Lieblosigkeit zwekmäßiger Verstellung zutrauen.

Zu diesem allen mischte sich das fremdartige Gefühl, die große Welt in blühender Jugend verlassen zu haben, und nun im Herbst der Jahre wieder darin zu erscheinen. Eitelkeit war dies nicht, eben so wenig Fortdauer der Ansprüche ihrer ehemaligen Rolle in der Gesellschaft; auch hatte sie an dem Orte, wo sich Schellberg niederließ, vorher nie gelebt – aber es war ihr, als würde ihre Fantasie, ihre Art zu sehen, zu empfinden, in ihren künftigen Verhältnissen greller gegen ihre Jahre abstechen. Sie fühlte sich noch eben so kindlich gegen alte Leute, noch eben so weich unter Menschen, noch eben so scheu, stolz, und frey unter Männern, noch eben so liebetrunken gegen ihren Gemahl – bisher konnte sie das alles gehen lassen; Schellberg verstand sie, oder verzieh ihr: andre ahndeten nichts

Böses noch Gutes bey ihr; man beschuldigte sie wohl der Sonder-
barkeit, oder des Stolzes, man schob wohl dies oder jenes auf die
Falschheit der Weltleute; aber man vergab ihr alles, weil sie Gutes
that, und niemanden im Wege war.

Sie blieb sich indessen bewußt, daß diese widrigen oder schwer-
müthigen Empfindungen, mit denen sie sich zu ihrer Abreise berei-
tete, so ganz blos in ihr lägen, daß es auch von ihr selbst und ihrer
Vernunft abhängen würde, die Übel, deren Voraussetzung sie quälte, zu verhüten. Die Mühseligkeiten des Wegziehens und der neuen
Einrichtung, die Reise in einer unangenehmen Jahreszeit griffen
ihre Gesundheit an; ihre Brust schien den Gefahren, die nach dem
Tode des Herrn von Z. sie bedroht hatten, von neuem ausgesezt,
und nöthigte sie, die ersten Monate ihres Aufenthalts in ***g be-
ständig zu Hause zu bleiben. Schellbergs Verdienste wurden erkannt, die Anspruchlosigkeit seines edeln Karakters gewann ihm
allgemeinen Beyfall; er würde sich vollkommen glüklich befunden
haben, wenn er nicht für die Gesundheit seiner Frau zu zittern gehabt hätte. Sie genoß ihrerseits der innigsten Zufriedenheit. In großen Städten finden sich solche Bekannte, denen man den Zutritt in
seinem häuslichen Zirkel gestatten mag, erst spät; so lebte sie ganz
allein mit ihren Kindern, ließ ihren Mann seinen Geschäften nachgehen, oder Gesellschaften besuchen, erwartete und empfieng ihn
mit unbefangener Heiterkeit. Ihre physische Schwäche milderte ihr
Feuer, und brachte eine angenehme, stille Stimmung in ihr hervor,
in welche sich nur zuweilen etwas Wehmuth mischte, daß sie in
einem kränkelnden Zustand verblühte, während Schellberg durch
seine beglückende Thätigkeit recht in das Leben hereinzutreten
schien.

Doch das Frühjahr kam, und Sophiens Brust stärkte sich wieder.
Sie genoß täglich der lauer werdenden Luft, immer in Gesellschaft
ihrer Kinder, seltener mit ihrem Manne, weil die Stunden, die sie im
Freyen zubringen durfte, meistens mit seinen Amtsgeschäften
besezt waren. Sie bemerkte zuweilen wohl, daß sie die Augen der
Spaziergänger auf sich zog, und fand das ganz natürlich, da sich in
ihr ein fremdes Gesicht den Leuten präsentirte; auch ihre schönen
Kinder trugen dazu bey, die durch ihre freundliche Lebhaftigkeit
jeden aufmerksam machen mußten, der die Augen auf sie warf.
Einst sah sie einen Mann, dessen Züge sie nicht unterscheiden

konnte, ein paarmal bey ihr vorbeygehen, und endlich bey ihrer kleinen Schwester und den Kindern, die einige Schritte weiter im Grase spielten, stillstehen, um mit ihnen zu sprechen. Nach einer Weile gieng er nochmals bey ihr vorbey, und grüßte sie mit einer durchaus sich auszeichnenden Art. Sein Gesicht hatte sie noch immer nicht unterschieden; aber er schien ihr etwas Bekanntes und ein sehr feines Ansehen zu haben. Was sprach der fremde Mann mit Euch? – fragte sie die Kinder auf dem Rükwege. Die Kleinen flikten eine drollige Erzählung zusammen, aus welcher erhellte, daß er sie gefragt hatte, wer ihre Mutter wäre, worauf die Schwester geantwortet hätte: Sophie Schellberg; das jüngste Kind hatte mit dem Finger auf die Mutter gezeigt, der Fremde hatte zur Schwester gesagt: sind Sie denn die Tochter der jungen Dame? – Nicht recht, hatte sie geantwortet, sie ist meine Schwester – und da, sezte das Mädchen hinzu, ward er ganz roth, und gieng.

Das kleine Räthsel beschäftigte Sophien nicht unangenehm, und sie erzählte es am Abend mit vieler Lustigkeit ihrem Manne, der etwas abgespannt aus einer Gesellschaft kam. Er hörte sie kaum an; hingegen theilte er ihr Verschiednes mit von einer neuen Bekanntschaft die er heute gemacht hatte: ein Herr von Lehrbach, ein Mann von Geist, der aus bloßer Liebe für die Sache, La Fayette nach Amerika gefolgt war, u. s. w. Schellberg war mit seinen Bemerkungen, seinen Ansichten, so zufrieden gewesen, daß er troz seiner Schläfrigkeit lange von diesem Lehrbach schwazte, den sie nächstens auch sehen würde, indem er einen baldigen Besuch versprochen hätte. Sophie nahm das alles freundlich und theilnehmend an, konnte sich aber eines Rükbliks auf die Gleichgültigkeit, mit welcher er ihr kleines Abentheuer vernommen hatte, nicht erwehren. Freylich war sie es gewohnt, daß er nicht leicht zwey Eindrücke auf einmal beherbergte, und zu gerade seinen Weg fortging, um sich aus Gefälligkeit von einem ersten Eindruk loszureissen, und einen fremden dagegen aufzunehmen. Aber sie erinnerte sich einer ähnlich unbedeutenden Geschichte, die einst seiner Liebe die lebhafteste Beschäftigung gegeben hatte; sie erinnerte sich, wie sie in den Zeiten, die ihrer ersten Heirath vorhergiengen, oft bey ähnlichen Veranlassungen vor seiner Eifersucht gezittert hatte. Sie war damals sein wie jezt, konnte damals wie jezt nur ihn lieben – welches war denn nun der Unterschied? Blos die vorübergeflohnen Jahre? Warum wirkten aber diese blos auf ihn, während sie jede kleine Aufmerksamkeit, die er ihr vor Menschen bezeugte, noch immer so süß empfand, wie damals, da seine Liebe das heiligste Geheimniß war, während es sie, wenn er ihr verstohlen – vielleicht, ach! sich selbst kaum dessen bewußt – die Hand drückte, noch immer mit unnennbarem Schauder durchdrang, gerade wie damals, wenn er furchtsam ihren Finger berührte? Wie damals fühlte sie noch Eifersucht, aus Eifersucht Haß, und gieng zur weichsten, kindlichsten, vertrauungsvollsten Liebe über, wenn er von seinen ehemaligen Verbindungen sprach, oder treuherzig seiner Sophie vergessend, sich mit einem ändern Weibe beschäftigte. Hatte sie also, in ihrem Innern ganz dieselbe, nur für ihn sich verändert? – Der demüthigende Verdacht hielt sie nicht lange auf; er führte sie aber auf ihren gewöhnlichen Ideengang zurük: unterdessen schlief Schellberg schon lange, sanft wie das reine Gewissen – sie sah ihm in das männlich offne und ruhige Gesicht; sie gedachte dankbar, wie herzlich er sich freute, ihr seinen neuen Bekannten zuzuführen, wie er dessen interessante Unterhaltung gleichsam in ihrer Seele genossen hatte, und erst ihren Mitgenuß zu erwarten schien, um sich diesem Vergnügen ganz hinzugeben. O hätte ich doch, was mir fehlt, oder könnte ich los werden, was ich zu viel habe, daß ich mich dieser Güte nur immer rein erfreute! Mit diesem sanfteren Gefühl schlief Sophie ein.

Den andern Tag trat Schellberg mit dem verheissenen Fremden in ihr Zimmer. Sie ließ eben ihre zwey ältesten Kinder bey sich arbeiten; ihre Schwester las. Das ist der gestrige Mann, flüsterte diese. Sophie erkannte ihn, und wie er näher trat und zu reden anfieng, erwachte auch die ältere Erinnerung wieder in ihr. Sie besann sich ganz, als Schellberg zu ihr sagte, er habe eben erfahren, daß er ihr keinen neuen Bekannten zuführe; Herr von Lehrbach habe sie vor mehreren Jahren als Frau von Z. öfters gesehen. Sophie erröthete lebhaft; da aber die unendliche Regsamkeit ihres Gefühls ihr diesen mädchenhaften Reiz noch in seiner ersten Blüthe aufbewahrt hatte, und die geringste Überraschung hinreichte, ihre Wangen zu färben, so ward Schellberg weiter nicht aufmerksam darauf. Sie hatte ehemals den Fremden unter einem andern Namen gekannt; diese Veränderung wurde erörtert: mein jeziger Name, sagte Lehrbach, schreibt sich von einem Gute her, das ich seitdem erbte; man legte mir ihn bey, um mich von meinen vielen Vettern zu unterscheiden, und in dieser rangsichtigen Stadt glaubt man mir die Höflichkeit schuldig zu seyn, ihn meinem Familiennamen vorzuziehen.

Die Unterredung ward lebhaft und angenehm. Von ihren Kindern umgeben, erschien Sophie in einem holden Lichte; dies, mit den Umständen ihrer frühern Bekanntschaft mit Lehrbach verbunden, gab ihr ein eigenes Bewußtseyn, das sie doppelt liebenswürdig machte. Schellberg wurde auf einen Augenblick abgerufen; indem Sophie im Gespräch fortfahren wollte, unterbrach sie Lehrbach mit einer ungezwungenen Lebhaftigkeit: Bey den Waffen, die Sie damals schüzten, sagte er, hätte freylich ein weit größeres Verdienst als das meine alle Ansprüche aufgeben müssen – Schellberg ist ein vortreflicher Mann – er ist ein glüklicher Mann, sezte er zögernd hinzu, und blikte Sophien, die von neuem erröthete, in die Augen – mir kommt es unglaublich vor, daß schon acht Jahre verflossen sind, seitdem ich zum erstenmal von diesem glüklichen Manne hörte – Acht Jahre! wiederholte Sophie lächelnd, und faßte die Hand ihres Mannes, der wieder hereingekommen war; ja es scheint mir auch oft unbegreiflich – Ihre Augen, die auf Schellbergs Gesicht ruhten, glänzten von der reinsten Zärtlichkeit; sie drückte seine Hand leise an ihren Mund, und neigte sich zu ihrem jüngsten Kinde, um ihre Rührung zu verbergen. Sie geben einen in unsern Tagen nicht gemeinen Anblik, sagte Lehrbach schmeichelnd zu Schellberg einen gefährlichen Anblik, der alle Männer zur Reue und alle Weiber zum Haß reizen muß. – Voll Freude und Dank betrachtete Schellberg den Ausdruk begeisterter Liebe, der Sophiens Züge verklärte, und kam heiter auf die Stadt, auf die Klasse ihrer Einwohner, mit welcher er lebte, zu sprechen. Ehe der kleine Zirkel auseinander gegangen war, hatte Lehrbach nicht unterlassen, im Vorbeygehen mit vieler Unbefangenheit den Umstand zu berühren, daß er sie gestern auf dem Spaziergang erkannt hätte, aber durch den Namen ihres jetzigen Mannes, den ihm ihre Schwester genannt hätte, wieder irre gemacht worden wäre.

Zur Erklärung dieses Auftritts ist ein Rükblik auf die Zeiten von Sophiens erster Ehe nothwendig. Da sie schon als Mädchen mit vielem Glanz in der Gesellschaft erschienen war, so hätte ihre Verbindung mit einem viel ältern, durch keine Eigenschaft sich besonders auszeichnenden Manne, an einem Orte, wo die strengen Grundsätze unsrer Väter schon eine Weile her von platter Verderbniß verdrängt waren, sie manchen Bewerbungen aussezen müssen, wenn ihr edelstolzes Wesen, und der Tribut von Geist und Bildung den sie von allem, was sich ihr nahete, unwillkührlich forderte, nicht schon von Haus aus den Troß der feinen Welt in gebührender Entfernung gehalten hätten. Einzelne wußten sie entweder richtig zu schätzen, oder fanden sich bey einer jungen und schönen Frau, die in ihren Mann offenbar nicht verliebt war, und doch keinen Liebhaber hatte, völlig deroutirt. Sie war etwa seit einem Jahre Frau von Z., als Lehrbach in den *burger Zirkeln eine Erscheinung machte. Mit den schönsten Anlagen geboren, hatte Lehrbach das Schiksal eines großen Theils der ausgezeichnetsten jungen Männer unsers Zeitalters, und auf dem nämlichen Wege wie sie, erfahren – das Schiksal, gleich dem ersten MenschenPaare, auf Kosten der Unschuld die Erkenntniß zu erwerben. Diese war ihm zu Theil worden, aber das Paradies war für ihn verschlossen. Wer, mit einem gewissen Grad von Verstand und Seele begabt, sich dem Irrlauf der großen Welt überläßt, der kann wohl Tugend schätzen, und Unschuld ehren, und Gutes thun; aber er weiß nichts von dem glänzenden Ziele, nach welchem der brave Bürger, der edle Mensch, wie ein jauchzender Streiter, täglich trachtet. Es ist bey ihm meistens nur kalte Berechnung des Werthes dieser Ingredienzen in der Masse des Lebens. Zuweilen wohl fühlt er bitter die verlornen Rechte auf den Lohn der Reinheit, ringt nach einer neuen Blüthezeit, pflegt Gefühle, die er wie nachgeworfene Schatten der entwichenen Seligkeit in seinem Herzen entdekt – So findet es sich oft, daß solche Menschen gern mit Kindern umgehen, mit einem nachdenkend weichen Ausdruk sich mit ihnen beschäftigen. So fühlte sich Lovelace bey seinem Rosenknöspchen entsühnt, und mancher, der zum Lebensgenuß reich ausgestattet, früh verschwendete und verarmte, zieht, ohne alle Ansprüche, die Gesellschaft einer tugendhaften jungen Frau jeder andern vor. In diesem Falle befand sich anfangs Lehrbach gegen Sophien, allein es währte nicht lange, so erwekte sie in ihm den lange entbehrten Glauben an ein heftiges allbelebendes Gefühl. Ein Mensch seiner Art konnte von keiner Leidenschaft eigentlich überrascht werden; er ließ die seinige aufkommen, weil er sicher war, hier keine glükliche Ehe zu stören. Je öfter er Sophien sah, desto mehr bewunderte er sie; sie wirkte auf sein Wesen, wie gewisse Mittel bey Krankheiten, wo es darauf ankommt, durch einen heftigen Reiz die stockenden Räder der Maschine wieder in

Bewegung zu sezen. Die Welt gewann ein neues Interesse für ihn, weil er nach einem noch nie gekannten Gute strebte: eine solche sanfte, schwärmende, starke Seele liebend, und ihn liebend, zu erbliken. Sophie ließ ihn seinen Gang gehen, bis sie mehr als Galanterie wahrnahm; da sezte sie ihm Ernst und Achtung entgegen. Er gebrauchte nun Geist und Überredung: Beides vereitelte sie durch Würde und Wiz. In einem Augenblik, wo er ohne Zeugen war, riß ihn die natürliche Heftigkeit seines Karakters hin, und er lag mit einem Ungestüm, dessen Genuß er noch nicht gekannt hatte, zu ihren Füssen. Sophie drükte sanft und ruhig seine Brust von ihren Knien weg, die er umfaßt hielt: Glauben Sie nicht, nur Pflichten bey mir zu bekämpfen zu haben – ich liebe, ewig, und nicht glüklich – ich fordere Schonung gegen mein Herz, dem dieses weh thut – es entweiht meine Liebe!

Stille Thränen rollten aus ihrem reinen Auge. Lehrbach sprang heftig auf. Finster sagte er: Sie hätten die Bestimmung meines Lebens verändert; aber ich darf nicht mehr wünschen – ich ehre den Mann Ihrer Wahl. – Er genoß noch eine Zeitlang Sophiens Umgang, scherzte zuweilen halb gefühlvoll, halb bitter über seine unglükliche Liebe, und verließ sie bald mit der Versicherung, daß er nun keine Ansprüche mehr auf irgend eine Befriedigung seines Herzens mache. In ihr Geheimniß war er nicht tiefer eingedrungen.

Sophie hatte nach einem einfachen und kühnen Instinkt gehandelt. Der Mann war sehr liebenswürdig; der Ausdruk seiner Leidenschaft hatte sie erschütternd an Schellberg erinnert, und ihr eine Weichheit gegeben, die ihr zartes Gefühl beleidigte: so kam sie auf den schnellen Entschluß, sich durch ein freyes Geständniß zu schützen. So wie sie diesen ausgeführt hatte, war sie beruhigt, und es blieb ihr auch nach Lehrbachs Abreise ein angenehmes Bild von seiner Bekanntschaft zurük. In den ersten Wochen ihrer Wiedervereinigung mit Schellberg, da der kleine Umstand der Vergangenheit zu einer süssen, lebensvollen Erzählung ward, hatte sie bey der gleichförmigen Geschichte ihrer unwandelbaren Liebe auch jene vorübergehende Erscheinung, jenen stürmischen Auftritt nicht verschwiegen. Unersättlich und allentbehrend zugleich wie seine Leidenschaft gewesen war, hätte Schellberg als Liebhaber natürlicherweise sehr eifersüchtig seyn müssen. Seine ganz besondere Lage in der Zeit, welche sonst für die Honigmonde der Ehe gilt, war sehr dazu gemacht, Empfindung und Fantasie zu schärfen; das kleine Geständniß erwekte jene Schwäche von neuem in ihm, und veranlaßte einen von den heftigen, kindischen, beglükenden Auftritten, wo sich für Liebende in Eine kurze Stunde die ganze unendliche Mannigfaltigkeit ihrer Gefühle zusammendrängt. Es war der einzige dieser Art, den sie nach ihrer Wiedervereinigung hatten; Sophie verdankte ihn Lehrbach, der dadurch ein Interesse für sie bekam, das er an sich wirklich nicht gehabt hatte. Seine Person kam bey dem Eindruk, den die Sache in ihrer Einbildungskraft zurükgelassen hatte, ganz aus dem Spiel. Daher erkannte sie ihn auch auf dem Spaziergang nicht wieder; die nachherige Bekanntschafts-Erneuerung war für sie von einer Seite nur belustigend, von der andern rief sie geistig und erhaben ihre ganze innige Liebe für ihren Gemahl hervor: mit zarter Weiblichkeit fühlte sie einen gewissen Stolz, daß Lehrbach nun den Mann gesehen hatte, den sie ihm damals nicht nannte, daß sie dem jezt gehörte, um dessentwillen sie ihn abgewiesen hatte.

Hiezu gesellte sich, nachdem Lehrbach sich entfernt hatte, eine süsse Unruhe wie Schellberg wohl die Entdekung aufnehmen würde, daß er seiner Sophie einen ehemaligen Liebhaber zugeführt hätte. Dies gab ihr alles Schwärmende, Schmeichelnde der ersten Jugend. Aber Schellberg balgte sich lustig mit einem seiner Kinder, und schien sich auf nichts zu besinnen. Er entschlüpfte ihren zarten Liebkosungen, um seine kleine Spielkameradin schäkernd an den Tisch zu sezen, der zum Mittagmahl einlud. Sophie ward etwas bitter; er fragte sie theilnehmend, aber ohne ein anderes Gefühl, als daß sie mit seiner Fröhlichkeit nicht harmonirte, ob sie krank war? – Nein – Gewiß nicht? – Gewiß nicht – Nun ließ er sich's herzlich wohl schmecken. Nach Tisch suchte Sophie noch einmahl, ihm ihre Stimmung mitzutheilen; wie es wieder nicht gelang, hüllte sie sich in ihre stolze Ergebung, und ließ ihn, halb lesend halb schlummernd, auf dem Kanapee zurükgelehnt liegen; während sie mit strengem Eifer ein Dutzend Hausgeschäfte abthat.

Diese Wendung war vielleicht entscheidend, und sie hätte nicht schlimmer seyn können. Der Besuch des Vormittags hatte ihr ihre frühere Jugend in ihrem lebhaftesten Glanze und mit dem süssen Kolorit der Liebe vor die Seele gezaubert – und Schellbergs unbefangen geniessendes Wesen, sein Vergessen oder Nichtachten jenes

Umstandes, stellte sie so kahl in die Klasse der gewöhnlichsten Eheweiber zurük! Sie fühlte es bitter und zerstörend; sie nahm sich vor, das Bedürfniß ihres Herzens nach dem Ausdruk der Liebe ewig zu unterdrüken; sie fand sich bedroht, zu werden was die Welt eine alte verliebte Närrin nennt! Den Rest des Tages war sie ernst und troken. Schellberg fragte: wie kannst du so ungleich seyn? Heute früh so heiter und mittheilend – Warte, mein Freund! wenn dir das gefiel, da kann ich wieder hineinkommen. – Sie fühlte einen Dolchstich, indem sie diese Antwort gab. Ihm that sie sehr weh, und er eilte, die Lustigkeit, zu welcher sie sich zwang, zu unterbrechen, indem er mit freundlichem Ernst ihr vorzulesen anfieng. Sie ward ruhiger, betete innerlich seine Güte an, und der Tag gieng zu Ende.

Lehrbach wiederholte seine Besuche oft. Sophie sah ihn mit Vergnügen, und ohne die geringste Besorgniß: sein Betragen kündigte, bey der schmeichelhaftesten Aufmerksamkeit, nicht die mindeste Beziehung an, und Sophie war zu einer solchen Aufmerksamkeit berechtigt genug, um ihr keinen fremden Werth beyzulegen; das neue Verhältniß war sogar wohlthätig für sie, denn es verdrängte das hypochondrische Gefühl, welches Schellbergs häuslichem Wesen in ihren Augen eine so bittere Deutung gab, das Gefühl, nur noch zu ihrem und anderer Unglück sie selbst zu bleiben, während die unaufhaltsame Zeit, von Einsamkeit und Kummer unterstüzt, ihr längst schon andere Gesetze des Seyns vorgeschrieben hätte. Ihr Leben erhielt wieder eine Art von kunstmäßigem Gehalt, den sie verloren geglaubt hatte, und sie fand sich oft zu einer gesellschaftlichen Heiterkeit gestimmt, die ihrem Manne freylich nicht entgieng – die er aber unglüklicherweise nur dankbar zu seinem Genusse hinnahm, ohne von den vielen Veranlassungen, die ihm Sophie gab, in ihren Zusammenhang mit dem liebevollsten, sonderbarsten Herzen einzudringen, je eine einzige zu ahnden.

Lehrbach war ein zu feiner Kenner, als daß ihm das Verhältniß dieser beyden Menschen nicht ziemlich früh anschaulich geworden wäre. Sophie mußte dadurch, zu allem Anziehenden dieses wunderbaren Geschöpfs, noch einen neuen Reiz erhalten. Der Plan, sie zu verführen, war für's erste nicht in ihm: nur der sie zu ergründen, – und während jeder Fortschritt in diesem Plan ihn fester an sie knüpfte, konnte er immer nur sie bewundern, ihre Schwärmerey als eine schöne Erscheinung lieben, wie eines seltenen Schauspiels ihrer gemessen. Dabey hätte er allerdings, wenn ihn das gerade am meisten interessirt hätte, schwerlich ermangelt, nach eigennützigern Absichten zu handeln. Nur hätte er dann nach seinen Begriffen von Pflicht, gerechten Anlaß zu Klagen gegen Schellberg finden müssen, und er sah vielmehr sehr gut, daß dieser sein Weib über alles liebte, hielt ihn auch gewiß als Ehemann nicht für verpflichtet, die Bedürfnisse von Sophiens Schwärmerey zu erfüllen. Wenn er sie aber mit ihrer Weichheit, ihrer Heftigkeit, ihrer Innigkeit, tändeln, aufbrausen, und sich wieder in sich selbst zurükziehen sah, so konnte er nachmals auf den Menschen zürnen, der einen solchen Schaz nicht zu gebrauchen wußte.

Bey diesen mannigfaltigen Eindrücken, die er von ihr empfing, rief er ihr wiederum Schellbergs Bild aus den ersten Zeiten seiner Liebe oft genug zurük. Sie wollte dann wohl in die Arme des theuren Mannes fliegen, mit überströmendem Herzen zu ihm sagen: Ach ich liebe dich noch wie damals, da du so warest! Aber Schellberg war dieser Heftigkeiten gewöhnt, und hatte einmal seinen ruhigen gleichen Weg neben hin genommen.

Zuweilen auch konnte Sophie sich vergessen, und mit dem ganzen Ausdruk der Liebe in wehmüthiger Erinnerung ihren Blik auf Lehrbach ruhen lassen, wenn er mit ihren Kindern spielte, oder sonst, wirklich hingerissen von der Empfindung eines ganz neuen Genusses, als guter, liebender und gebildeter Mann um sie war. Solche Momente verwirrten seine Beobachtungen und Berechnungen, und durchdrangen ihn mit wahrer Leidenschaft.

Sophie fing an zu glauben, daß ihre allzu eingezogene Lebensart nicht gut wäre, indem Lehrbach dadurch mehr an sie gefesselt würde, als wenn er sie an dritten Orten sähe, wo die Artigkeit des Weltmanns ihn zerstreute, und ihre Ansprüche, je gültiger sie seyn konnten, desto bescheidener waren. In ihrer Häuslichkeit, in ihrer Existenz als Mutter, in den genialischen Ergiessungen ihres Geistes und Herzens, die nur diese Art von Umgang möglich machte, thaten sich – das fühlte sie wohl – ihre unwiderstehlichsten Reize kund. Auch waren hier Schellbergs kleine Vernachläßigungen, während daß Lehrbach jeden ihrer Blike bewachte, doppelt peinlich für sie: in fremden Gesellschaften hingegen konnte nichts schiklicher seyn, als daß ihr Gemahl ihr nicht den Hof machte. Sie entschloß sich also, ohngeachtet die dauernde Spannung, in welcher sie lebte, ihre Gesundheit wieder angegriffen hatte, viel aus dem Hause zu gehen. Lehrbach bemerkte, daß ihr dieses augenscheinlich schadete. Als er ihr einmal mit inniger Rührung zuredete, sich zu schonen, theilte sich die Rührung Sophien mit. Sie fühlte sich wirklich krank sie dachte an ihren Tod, an ihren Gatten, ihre Kinder: ihre Thränen flossen – Lehrbach faßte ihre Hand, und hielt sie nachdenkend und tief durchdrungen an seine Lippen. Sie erwachte, sie hatte keine Fassung: Stolz war das erste ihrer Gefühle, das sie an den Tag legen konnte, um die übrigen zu verschließen. Sie zog ihre Hand zurük, und bat um Freyheit in der Wahl ihrer Beschäftigungen – Sophie, Sie misverstehen mich sehr! Diese Härte ist gefährlicher, als Sie wissen, und ich verdiene sie nicht – Mehr sagte Lehrbach nicht, aber er hatte nie so viel gesagt. Auch jezt hatte er sich nur vergessen, und war betroffen über sich, daß er bis zum Vergessen seiner selbst fühlte.

Der Auftritt that auf alle Weise vielen Schaden. Mit jedem Schritt gerieth Sophie tiefer in ein schmerzliches Labyrinth. Ihre Kränklichkeit trug dazu bey, ihre Gefühle zu verwirren, und nahm durch diese Verwirrung zu. Öfter als je schwoll ihr Herz zu Aufwallungen der Liebe gegen ihren Mann; er blieb der Alte, und mehr oder weniger in irgend einer Rüksicht, war es doch immer Lehrbach, der diese Aufwallungen veranlaßte. Wie ist es einem Weibe möglich, gegen Anerkennung ihres eigenthümlichen Werthes völlig gleichgültig zu seyn? Auch entgieng ihrem zarten Gefühl sein immer unanmassendes Betragen nicht, mit welchem er aus Zärtlichkeit, aus Ehrliebe, aus Bosheit, von seinem Freunde jeden Schatten von Vorwurf abwälzte. Weit entfernt von Leichtsinn oder Mangel an Aufrichtigkeit gegen sich selbst, war vielmehr der entgegengesezte Fehler der ihrige. Sie bereute jezt, nicht bey Lehrbachs erstem Besuch zu ihrem Manne gesagt zu haben: er war mir gefährlich, er kann es noch seyn – entferne ihn. Sollte sie jezt noch eine solche Erklärung wagen? Aber natürlich und von selbst konnte sich bey Schellbergs Art zu seyn ein solcher Schritt nicht geben. Sie haßte Theaterstreich, sie scheute eine unwürdige, romanhafte Wendung der Sache: ihr Entschluß blieb also aufgeschoben, und sie nahm sich für's erste nur vor, alle Rührung und Weichheit gegen Lehrbach zu vermeiden.

Dieser seinerseits hatte nun nach und nach mehrere Entdeckungen gemacht, die ihn nach seinen Grundsätzen berechtigten, das Herz zu gewinnen, das er bisher nur bewunderte. Vorher war ihm Sophiens schwärmende Liebe für ihren Gatten, glüklich oder nicht, doch als das unverrükte Ziel ihres Lebens vorgekommen; alle seine Beobachtungen, mehrere Proben, auf welche er sie gesezt hatte, ließen ihn lange glauben, daß sie keiner andern Empfindung fähig wäre. Da er bey ihren Leiden nichts zu gewinnen hatte, da er sie liebte, und wo Selbstsucht ihn nicht bestimmte, auch großmüthig war, hatte er oft in der aufrichtigen Absicht, ihr Schmerz zu ersparen, gehandelt. Wenn er sich aber zuweilen bemühte, Schellbergs Stimmung mit Sophiens Bedürfnissen in größere Harmonie zu bringen, so fand er bey jenem immer eine so heitere Anerkennung ihrer Vortreflichkeit, eine solche überlegene Nachsicht gegen das Störende was zu große Reizbarkeit ihrem Karakter gab, daß er ihm durchaus keinen Vorwurf machen, und blos das bizarre Schiksal verfluchen konnte, welches diese beiden Menschen nöthigte, sich gerade durch ihre schönsten Vorzüge das Leben schwer zu machen. So lange sich Sophie der Äusserung ihres Gefühls frey überließ, hatte er sie also für unangreifbar gehalten. Allein, wie er bemerkte, daß sie Stolz und Behutsamkeit als Waffen gegen ihn gebrauchte, ahndete er, sie traue ihrer Stärke nicht, und dieses Mistrauen schien ihm, wohl benuzt, endlich seine Liebe krönen zu müssen. Er hatte ja bisher keinen Plan gegen sie gefolgt; hatte er dessen ungeachtet Eindruk auf sie gemacht, so war das die Schuld ihres Mannes, der sie davor nicht zu verwahren wußte, und er nahm ihm nichts, wenn er ein Herz gewann, das ihm nicht mehr gehörte. Unbarmherzig aber wäre es gewesen, ein Herz, das so glühender Liebe fähig war, beglücken zu können, und es nicht zu thun.

Er war also entschieden; um so weniger aber ließ er sich durch die neue Schattirung in Sophiens Betragen zu Übereilungen verleiten. Sie war kalt und behutsam: er ward behutsamer und zärtlicher. Er vermied jeden Anlaß, ihrem Mann in irgend einer Aufmerksamkeit vorzugreifen; so wie er aber sah, daß Sophie sie von Schellberg vergeblich erwartet hatte, fand er Mittel, sie ihr zu erweisen, und schien dann, gegen die Wehmuth in ihrem Dank ganz unempfindlich, nur die That zu genießen. Oft kam es auf Bücher an, die sie zu lesen wünschte; wenn Schellberg ihre Bitte zehnmal vergessen hatte, brachte Lehrbach die Bücher – nicht Sophien, sondern ihm. Sie liebte nur das Spazierengehen, jedes andre Vergnügen erhizte und ermüdete sie, aber Schellberg hatte gerade gegen das Spazierengehen eine große Abneigung. Er fand immer Ausflüchte, wenn ihn Sophie dazu bereden wollte. Da legte sich Lehrbach in's Mittel, bot sich mit unbefangenem Scherze an, ihr Ritter zu seyn, eben so unbefangen raffte Schellberg sich lachend auf, schlenderte mit, und Lehrbach machte ihm den Spaziergang durch seine Unterhaltung angenehm. Den andern Tag traf er sich eben so, nur daß Lehrbach nicht da war, und Sophie gieng, nicht ohne Bitterkeit in ihrem Herzen, allein mit ihren Kindern. Da begegnete ihr Lehrbach, gedachte mit keinem Worte des gestrigen Tages, genoß der liebenswürdigen Gesellschaft, wußte tausend weiche Gefühle in ihr aufzurufen, schien die Ungleichheiten in ihrem Ton, die er dadurch veranlaßte, nicht zu bemerken, und verließ sie unter einem natürlichen Vorwand, noch auf dem Spaziergang, aber mit der Bitte, ihr einen Bedienten entgegen schicken zu dürfen, weil es sie ermüden müßte, die Kinder allein nach Hause zu führen.

Schellbergs Geschäfte vermehrten sich; er trieb sie mit Freude und Eifer: wenn er aber nach Hause kam, war er selten zu etwas anderm fähig, als für sich zu lesen, oder ein Spiel zu machen. Sophie suchte seinen Geschmak zu befriedigen, aber nicht mit theilnehmender Zufriedenheit, sondern aus trokner, und nicht selten mit Erbitterung vermischter Pflichtmäßigkeit. Wenn er dann mit ein Paar Bekannten am Hombretisch saß, kam Lehrbach; Sophie arbeitete im Nebenzimmer bey ihren Kindern, denn wenn sie die Wahl hatte, spielte sie nie: Lehrbach unterhielt sie, aber abgebrochen, weil er oft zu den Männern trat, meist spielend, sich mit den Kindern abgebend; nur sein Blik drükte fortwährend heilige Liebe aus – heilig wie ihr Gegenstand, troz des Schalks in seinem Herzen. Wenn die Kinder zur Ruhe giengen, oder sich sonst entfernten, gieng er von ihr, und nur unwillkührlich bezeugte sein Wesen, wie schwer ihm das Opfer wurde, oder er zog sie in das Spielzimmer. Spielte er selbst, so wußte er sie zu bereden, daß sie auf einen Augenblick seine Karten nahm; denn er hatte sich ein für allemal dafür bekannt gemacht, nicht lange stillsitzen zu können. Nun saß sie ihrem Gemahl gegen über: ein kleiner Scherz, eine zufällige Berührung machte sie auf einmal zum schüchternen liebenden Mädchen im Angesicht des

Geliebten – und zu einer noch schlechteren Spielerin, als sie von Natur schon war. Mit dem Spiele zu spielen, war aber Schellbergs Sache nicht; ihre Ungeschiklichkeiten machten ihn ungeduldig; verlegen rief sie Lehrbach zu Hülfe, dem nunmehr Stellung, Stimme, Blik zu Statten kamen, um gegen sie in dem Verhältniß zu erscheinen, in welchem sie nur eben vergeblich gegen ihren Mann erschienen war. Ihr Herz war zerrissen, sie gab ihm heftig die Karten zurük, und eilte aus dem Zimmer. Lehrbach triumphirte innerlich, und spielte ohne einen Schatten von Zerstreuung fort.

Hätte – so dachte sie in ihrer Einsamkeit – hätte ein anderes Weib nicht besser zu Schellbergs Karakter gepaßt, und ihn wohlthätiger entwickelt, als sie mit ihrem kranken Gemüth? In dem hofnungslosen Gefühl, die Bestimmung ihres Lebens zu verfehlen, wünschte sie dann den Tod. Bey dem nächsten glüklichen Augenblik an Schellbergs Seite gestand sie ihm unter tausend Thränen diesen schwarzen Gedanken. Er schauderte, und stellte ihr vor, wie sehr sein ganzes Thun, seine Arbeiten wie seine Erholungen, ihr für sein Vertrauen auf sie, für sein Glük an ihrer Seite bürgen müßten; die Hirngespinste, mit denen sie sich quälte, schrieb er ihrer zu großen Einsamkeit zu: er rieth ihr Zerstreuungen, Besuche an – sie lächelte über die Heilmittel, die man ihr vorschlug, lächelte zweydeutig über den wohlmeynenden ungeschikten Arzt, und schwieg.

Gegen den Herbst, nachdem er nahe an ein Jahr in ***g gewesen war, hatte er eine Geschäftsreise zu machen; er mußte mehrere Wochen abwesend seyn, konnte aber aus vielen Gründen Sophien nicht mit sich nehmen. Sie sah ihn mit einer Art von Schauder von ihr gehen, und sie nahm sich vor, jezt wirklich seinem Rathe zu folgen, und in den Stunden, wo sie sonst zu Hause Gesellschaft sah, oft auszugehen. Von ihren Gründen gab sie sich freymüthig Rechenschaft: Das Gefühl, das Lehrbachs Liebe in ihr erregte, schrekte sie – sie war sich der Treue, aber auch der Weichheit ihres Herzens bewußt; sie fühlte die Gefahr des Selbstbetrugs, der sie jeden Augenblik überraschen konnte, und sie schämte sich ihrer Schwachheit, Freude an einem Betragen finden zu können, das vor ihrer Vernunft keinen Werth hatte, denn es mochte allen Männern in einer gewissen Lage so gut eigen seyn wie diesem, und Schellberg war in einer ähnlichen noch weit liebenswürdiger gewesen.

Sophie sah in den ersten Tagen Lehrbach fast nie anders als in Gesellschaft außer dem Hause. Ihre Vorsicht verdroß ihn; indessen bestärkte sie ihn in seinen Berechnungen und Planen. Er unterhielt sie viel, und bey dem Widerwillen, mit welchem sie sich in großen Zirkeln befand, fand sie blos Vergnügen an seiner Unterhaltung. In ihren abgebrochenen Gesprächen gerieth Sophie eines Abends unvermerkt auf einen Gegenstand, der sie hinriß; es war von ihrem Mann die Rede, sie sprach von ihm mit überfliessendem Herzen. Lehrbach war zu klug, um sich bey dem Gefühl von Eifersucht, das sie dadurch bey ihm erregte, lange aufzuhalten. Daß sie einmal wieder ihr Herz vor ihm reden ließ, sah er als einen lange entbehrten Vortheil an, den er festhalten müsse. Das gute Weib ahndete die Gefahr dieser Ergiessungen nicht, die er mehrmals wieder herbeyzuführen wußte; sie glaubte vielmehr ihre Ruhe zu befestigen, und weil ihr Lehrbach edler schien, hielt sie es für weniger nöthig, sich von ihm zu entfremden. Einer von den Briefen, die sie in dieser Zeit an ihren Mann schrieb, schilderte am besten ihre Stimmung.

»Ich folge deinem Rath, mein einziger Freund; ich gehe mehr aus. Es wird mir auch leichter, da mich die Kleinen in diesen Abendstunden wohl entbehren können. Ach mein Freund, daß mir die sogenannten Zerstreuungen die Zeit nicht verkürzen würden, konntest Du wohl voraussehen! Mit Arbeit und Unterrichten der Kleinen verfliegt mir der Tag wie ein Augenblick, aber vom frühen Morgen fürchte ich mich vor dem bleyernen Beschluß – da war unser Dorf doch besser! Die Frau Amtmännin, die Frau Pastorin, und alle die ehrlichen Basen, vergaßen über die Theilnahme, mit welcher ich von ihren Hühnern und Gänsen, von ihrer Magd Grethe und ihrem Knecht Michel, mit ihnen sprach, daß ich etwas anders als sie dabey aussah; es schmeichelte und kirrte sie daß ich insoweit doch wie sie that, und was ich Eigenes hatte, kam ihnen doch nicht wie Eingriff oder Anmaßung vor. So sagte mir einmal die Frau Gerichtshalterin recht aus Herzensgrund, ich könnte alle Tage Professor werden, weil ich ihr eine neumodige Haube fabrizirt, Kalbswürstchen von ihr machen gelernt, und einem französischen Invaliden in seiner Muttersprache den Weg, nach dem er fragte, erklärt hatte. Aber diesen Menschen hier kann man es auf keine Weise recht machen. Bin ich unmodig und einfältig, so möchte ihre gefühllose Impertinenz sich an mir reiben, und an ihrem guten Willen fehlt es nicht, wenn sie mir nicht mit den nämlichen albern beleidigenden Manieren begegnen, wie wenn ein armes Dämchen vom Lande in vermeyntlich zierlicher Tracht unter ihnen erscheint. Überlasse ich sie ihrer Herrlichkeit, und geniesse in meinem friedlichen Hause meiner selbst, so läuten sie Sturm über meine Unhöflichkeit, meine Anmaßungen, meine Sonderbarkeiten. Bin ich aber nun gar nach meiner Art elegant, modig, witzig – hilf Himmel, da ist vollends alles verloren! Mich umgiebt dann lauter Haß, und je besser mir etwa meine Rolle gelingt, desto übler bin ich daran.

Sonst, mein Freund, wie Du unter diesen Menschen standest, und Dein Blik Liebe und Bewunderung sprach, und sie darum giftiger wurden – wenn ich mich im Konzert niedersezte, und in der Erwartung, von Dir angeredet zu werden, nicht athmen konnte – wenn ich im Gespräch mit Mehreren über meine Stimme erschrak, daß sie gegen Dich Melodie der Liebe wurde, während ich gegen andre meinen gewöhnlichen Ton behielt – wenn bey'm Kartengeben Deine Hand die meinige berührte, und unsre Blike sich da trafen, und ich die Karten sinken ließ, bis die Mitspieler erstaunt fragten, was ich ausrechnete, und ich mir mit einem tollen Einfall heraushalf, und zur Buße mein Geld an die alten Damen verlor – Du denkst wohl nicht mehr daran, mein Freund?

Nun sieh, um Dir eine Ausrufung über meine Inkonsequenz abzunöthigen – und ich glaube wirklich, diesen Fehler hast Du noch nicht an mir gerügt – muß ich Dir sagen, daß ich zwey Abende, den einen in der Assemblee bey dem Kommandanten, und den andern bey der alten Geheimeräthin, sehr angenehm und interessant zugebracht habe. Ich hatte meine Spielpartie mit der Kammerherrin *** verabredet; sie kam aber sehr spät, und unterdessen kam ich mit Lehrbach, der immer wie ein gebannter Geist umherirrt, wenn die andern spielen, auf Dich zu sprechen – ich weiß nicht recht wie – eigentlich über meinen Knaben, der bis in's siebente Jahr weder lesen noch schreiben lernen soll, und der schon anfängt mit Zirkel und Reißbley umzugehen. Lehrbach zog mich auf; ich wurde ungeduldig – kurz, sagte ich, er soll im dreyßigsten Jahre nicht fertig mit dem Leben seyn wie unsre Salomone; er soll im achtzigsten noch auf einen Übergang in den Mond studieren, und bey einem Pfannkuchen und einem Glas Wein lachen können – Das wäre wirklich ein seltener Mensch! – Es wäre seines Vaters Sohn – Lehrbach machte ein närrisches Gesicht, aber mir war die Seele aufgegangen; ich schwazte von Dir, wie Dich nicht Menschen erzogen, wie Engel um Dich gewacht hätten, um Dich so einzig gut zu lassen wie Du wärest. Ich hatte so fortgesprochen, ohne auf sonst jemanden zu merken. Als meine Partnerin endlich gekommen war, rief eine dürre knöcherne Dame, die nahe bey mir gesessen hatte: ewig Schade daß man die Frau Obristin unterbricht, man meynte einen Roman mit anzuhören – Da fiel eine trockene Stimme ein: Ich wünschte, daß alle unsre junge Damen bey diesem Roman, wie Sie es zu nennen belieben, zugehört hätten; sie hätten mehr daraus lernen können als aus manchen Weisheitslehren ihrer Mütter – Ich sah mich um, und erblikte einen ältlichen Mann, der rundes Haar trug wie unsre Bauern, einen sehr kahlen Scheitel, schöne, freundliche, ruhige Augen, ein festes, einfaches Äusseres hatte, und hinter, oder vielmehr neben mir stand. Ich dankte ihm für seine Güte, sezte aber hinzu, daß sie meine Unhöflichkeit gegen meine Nachbarin, so lebhaft von einem für sie gleichgültigen Gegenstand gesprochen zu haben, nicht entschuldigte – Das geht auf, sagte er spöttisch lächelnd, denn gegen das einemal wo Sie eine Ihrer LieblingsMaterien berühren, haben Sie sich gewiß schon zehnmal darein ergeben, die LieblingsMaterien dieser, und mancher andern schönen Dame bis auf die lezte Faser abhandeln zu hören – Der Mann war mir schon vorgekommen, aber mit meinen schlechten Augen hatte ich sein sehr interessantes Gesicht nicht unterschieden. Bey einer Pause im Spiel sezte er sich neben mich, und nahm zu meiner großen Verwunderung meine Hand, deren Puls er untersuchte. Er sah mich dann ernsthaft an: Wissen Sie aber wohl – er nannte mich bey meinem Namen – daß Sie, um noch oft so herzlich von Ihrem lieben Manne zu sprechen, etwas ruhiger, etwas gemäßigter sprechen müssen? – Nun fiel mir auf einmal ein, daß es der Doktor Ernst war. Er hielt mir eine lange Predigt, in welche Herr von Lehrbach sehr eifrig einstimmte, und Dich als Autorität anführte. Der Doktor behauptet, daß die grossen Gesellschaften für mich nichts taugen, die vielen Menschen und Lichter, und – denn er ist ein galanter Doktor – der viele Verstand. Was bleibt mir denn endlich übrig? Du, dem ich so viel mehr glaube als dem Doktor, Du hast mir oft um meiner Gesundheit willen gerathen, weniger Gefühl zu haben; der Doktor retranchirt mir den Verstand – wäre es denn besser für Dich und mich? wäre es? – Medea mit ihrem Zauberkessel löste dieses allein. Und hätte ich endlich auch Aesons Schiksal, es wäre mir vielleicht das Beste – das Sicherste wäre es gewiß.«

Schellberg gieng in seiner Antwort mit dem ruhigsten Vertrauen in eine umständliche Beschreibung seiner Geschäfte ein, bat seine Frau, ihm einige Risse zu kopiren, die er ihr schikte, bezeichnete ihr verschiedene Papiere in seinem Schreibschrank, die er zu haben wünschte, und kam dann mit folgenden Worten auf ihren Brief:

> Deine Fantasie ist sehr schwarz, meine Sophie, Deine Anwendung von Medeens Geschichte nicht wohlthätig. Jedes Alter hat seine Glükseligkeit; Du, die als Mutter so viel Freude erlebt, die alle Gaben ihren Gatten zu beglücken, in einem so hohen Grade besizt, Du solltest eine Jugend, die Dir in Deiner Erinnerung, die Dir in der Wirklichkeit noch so nahe ist, nie vermissen.

> Es ist mir lieb, daß Du den Doktor Ernst kennen lerntest. Lehrbach hatte mir ihn schon ein Paarmal als einen Mann von seltenen Kenntnissen gerühmt; zieh ihn wegen Deiner Gesundheit zu Rathe, folge ihm, schone Dich – erhalte mir in Dir die Grundlage meines Glüks, an dem ich sorglos fortarbeite, so lange ich Dich habe, während ohne Dich Verzweiflung und Elend mein Loos würden.

Sophie war gar nicht wohl, als sie den Brief erhielt, der sehr gütig, sehr ehrend war, der ihr aber nicht gab, was ihr einmal verwirrtes Herz verlangte. Sie suchte die Briefe wieder hervor, die Schellberg ihr ehemals geschrieben hatte. Sie las, weinte, weinte über das Unglük und über die Seligkeit jener Zeiten. Sie war finster und gespannt, als Lehrbach, der übrigens seit Schellbergs Abreise sich selten in ihrem Hause sehen ließ, zufällig kam, um sich nach ihrer Gesundheit zu erkundigen. Er erschrak um so mehr über ihr Aussehen, als ihm der Doktor Ernst in einem abgesonderten Gespräch erklärt hatte, ohne die vorsichtigste Behandlung könne ihr Zustand, bey der ausserordentlichen Reizbarkeit ihres Wesens, leicht unheilbar werden. Sein Ausdruk war zu ungekünstelt, um Sophien nicht wohlzuthun; sie gestand aufrichtig, sie hätte sich durch eine Beschäftigung angegriffen. Unterdessen kam ihre Schwester mit den

Kindern, die spazieren gehen wollten. Sie machte etwas am Anzug der Kleinen zurechte, umarmte sie, und als Lehrbach, nachdem die Kinder fort waren, das Gespräch fortsetzen wollte, sah er sie von dem kleinen Geschäft auf das Äusserste ermattet. Athemlos saß sie auf dem Kanapee zurükgelehnt; Heiliger Gott! rief er, und stand mit gefalteten Händen vor ihr, bey diesem Zustande setzen Sie Ihre gewöhnliche Lebensweise fort? – Sie wischte sich den Schweiß von der Stirne: das ist zufällig, sagte sie, und geschieht nur manchmal des Morgens. Abends habe ich mehr Kräfte; Sie sollen sehen, was für eine artige Dame ich diesen Abend seyn werde.

Lehrbach sprach heftig und innig von ihrer Gefahr, von ihrer Pflicht; seine Plane vergessend, mahlte er ihr Schellbergs und seine Verzweiflung. Sie war gerührt, sanft, suchte ihn zu beruhigen, zog mit edler Freymüthigkeit seine Theilnehmung mit in Betracht, und forderte seine kühlere Vernunft auf, solcher Hirngespinste nicht zu achten. Hieraus entspann sich ein sonderbares, spizfindiges Gespräch, in das sich Sophie unbedachtsam verwickelte, während Lehrbach nunmehr halb aus List es fortsezte. Es war von der Nothwendigkeit, die Vernunft herrschen zu lassen, die Rede; Sophie war von der Gefahr, in welcher sie seyn sollte, ausgegangen, und wollte diese Beziehung nicht fahren lassen; allein Lehrbach brachte sie durch Sophismen und doppelsinnige Reden in Verlegenheit. Welche weise Vorsorge! sagte sie endlich; man will mich von der einen Seite in Baumwolle einwickeln, und von der ändern läßt man mich peroriren, daß ich nicht mehr athmen kann. Still! Lesen Sie mir lieber vor – Lehrbach bereuete wirklich seine Unvorsichtigkeit; er legte sich den Finger auf den Mund, und nahm ihr mit einem Blike, dessen Ausdruk sie nur zu tief fühlte, das Buch aus der Hand.

Es war Raynals philosophisch-politische Geschichte. Er las wo sie ihm aufgeschlagen hatte. Nach wenigen Seiten kam die bekannte Stelle über Elisa Draper. Tief traf sie Lehrbachs Herz; er las mit leiser, zitternder Stimme. Sophie weinte sanft, suchte es zu verbergen, und hatte vom ersten Augenblik, aus Furcht vor einem lauten Ausbruch ihrer Rührung, nicht Fassung genug, um das Lesen zu unterbrechen. Lehrbach kam bis an den folgenden Absaz. *Lorsque je vis Elisa, j'éprouvai un sentiment qui m'était inconnu; il était trop vif pour n'être que de l'amitié, il était trop pur pour être de l'amour. Si c'eût été une passion, Elisa m'aurait plaint: elle aurait essayé de me ramener à la raison, et j'aurais achevé de la perdre.*

Er hielt hier inne, richtete seinen Blik, der nichts als heitere Rührung sprach, auf Sophien, die ihrer selbst kaum bewußt auf ihrem Plaz geheftet blieb, legte das Buch auf den Tisch, nahm ihre Hände sanft und ehrerbietig in die seinen, und sagte mit bittendem Tone in französischer Sprache: Lassen Sie mich also, aus Vorsicht, auf meinem Wege; es soll Sie nie gereuen – nie! – Er drükte nun ihre Hände, leise, als fürchte er ihre Gemüthsbewegung, an seinen Mund, ließ sie dann sehr gefaßt los, und las heiter in dem Buche fort. Unvermerkt unterbrach er sich, und sprach allerley über das Gelesene. Sophie, der es anfangs an der Stärke, streng zu seyn, gefehlt hatte, hielt es jezt für klüger, den Auftritt in poetischem Sinne zu nehmen. Die Kinder kamen nun zurük; Sophie, innerlich beschämt daß die Zeit so schnell verflossen war, befahl Lehrbach mit leichter Lustigkeit, sich endlich zu beurlauben. Er bat sie ernstlich, den Abend zu Hause zu bleiben. Sie wollte ihm deshalb nicht Rede stehen, holte den Kindern ihre Bücher und Schreibmaterialien herbey, und machte nun Lehrbach, eine von ihren Kleinen an der Hand haltend, mit komischer Höflichkeit Abschieds Reverenzen. Er war bezaubert; er wollte nicht wagen, so vieles was er an diesem Morgen gewonnen zu haben hoffte, wieder in die Schanze zu schlagen, und er verließ sie.

Im folgenden Fragment eines Briefes von Sophien an ihren Mann erwähnt sie eines Vorfalls, der am nämlichen Tage erfolgte, und der alsdann näher beschrieben werden muß.

> Die Leute werden Dir sagen, ich sey krank – bey meiner Liebe, ich bin es nicht mehr und nicht weniger als da Du mich verliessest. Ach Du solltest mich nie verlassen! Mit Dir verschwindet meine Sonne, und mein Pfad wird dunkel ohne Dich. Ja gewiß, ich habe Dich schon eher der Sonne verglichen. Wenn die Erde zu lange ohne dieses wohlthätige Gestirn bliebe, würde sie auf ewig erstarren. O meine Sonne, ohne deine Gegenwart –

> Aber das wollte ich Dir nicht schreiben. Ich wollte Dir sagen, daß ein Luftstoß, dem ich mich un-

vorsichtig aussezte, mir einen Krampf in der Brust zugezogen, und Deinem neuen Bundsgenossen, dem Doktor Ernst, der zufälliger Weise dabey gegenwärtig war, eine vortrefliche Gelegenheit verschaft hat, mich unter seine Zuchtruthe zu nehmen. Nun bin ich in seiner Gewalt, und kann zusehen, wie ich wieder herauskomme. Doch hat er noch so viel Gewissen, mir ausdrüklich aufzutragen, daß ich Dir versichern soll, mein Zufall sey ganz gleichgültig.

Ich hatte viel in Deinen lieben Briefen von ehemals gelesen; sie hatten mir sehr lebhaft die ewig theure, ewig vergangene Zeit zurükgerufen, in der ich mir so froh bewußt war, Dich glüklich zu machen. Herr von Lehrbach kam zu mir. Die Kinder giengen allein spazieren, weil der Wind für mich zu stark war. Er las mir im Raynal vor – Man sollte sich nie ein Buch vorlesen lassen, das man nicht kennt. Wir fielen gerade auf die Stelle von Elisa Draper – die hättest nur Du mir vorlesen sollen; so that sie mir nicht gut, und bewegte mich sehr heftig.[1] Ich war also schon nicht recht gestimmt, als ich vor der Assemblee zu K.'s fuhr, um mich eines längst schuldigen Besuchs zu entledigen. Man empfängt mich mit einer Art von Prunk, dankt mir für meine Aufmerksamkeit: ich verstehe die Leute nicht, sehe aber den jungen Regierungsrath S. in einer Hauptakteursstellung neben der artigen Agathe K. stehen – Da gieng mir ein Licht auf, und ich

---

[1] Wehe, wenn man hier Falschheit zu sehen glaubte! Sophie strebte danach, ein Geständniß zu thun. Sie war gerettet, wenn ihr Mann Eifersucht zeigte, oder als Rathgeber sie vermochte, Lehrbach zu entfernen. Im ersten Fall hätte Leidenschaft, im andern das Gefühl, sich auf den Stärkeren zu stützen, ihr alle Furcht, alle Beschämung, alle Bedenklichkeiten erspart, und sie hätte gelebt, oder wäre glüklich entschlummert. Sie sagte so viel, daß Schellberg ohne seine unbegreifliche Verdachtlosigkeit, ohne seine Gewohnheit, sich nur mit den ihm zunächst liegenden Gegenständen zu beschäftigen, ohne sein unglükliches System, ihrer Schwärmereyen nicht zu achten, nothwendig auf die Spur hätte kommen müssen.

begriff, daß hier Glükwünsche angenommen würden, weil die Beyden Braut und Bräutigam wären. Ich wußte, daß sie sich liebten – die Kleine wenigstens von Herzen, der junge Mann scheint mir egoistisch, weichlich – Ich bin nun so kindisch! Und doch ist's natürlich – Wir lasen lezthin in der Zeitung von La Peyrouse's Abfahrt. Sah man wohl das Schiff seine Segel spannen, ohne eine gewisse Beklemmung zu empfinden? Eine so weite Reise, so vielfache Gefahren, ein so unbekanntes Ziel! Hätte sich wohl jemand wundern können, wenn La Peyrouse's Freunde mit nassen Augen vom Hafen zurükkehrten? – Ich umarmte Agathen, und fühlte daß meine Thränen ihre Wangen benezten. In dieser Manier war der werthen Familie wohl noch keine Gratulation vorgekommen. Sie stunden verwundert: die Mama wurde angestekt, sie weinte hell laut, die Schwestern mußten die Taschentücher hervorholen, der alte K. gieng an ein Fenster – ich konnte nun vollends nicht sprechen; nur der Bräutigam hatte Besinnung, denn er klopfte mit der einen Hand den Puder von seiner Schulter, auf welche Agathe, im Kostüme des Augenbliks recht niedlich, ihr Köpfchen gelehnt hatte. Wie wir wieder zum Wort kommen konnten, entschuldigte ich meine Rührung durch die Theilnahme, die jedes junge Frauenzimmer in diesem entscheidenden Augenblik mir einflößte, und die mich bey Agathen doppelt hinrisse, weil ich sie herzlich lieb hätte. Man fand sich geschmeichelt, und die Visite war nun allerseitig eine wahre Herzensergiessung und Auferbauung.

O wie unbegreiflich sorglos thun wir Weiber diesen großen Schritt! Von der ungeheuern Verantwortung, die wir auf uns laden, ahnden wir nichts, ahnden nicht wie wir von diesem Augenblike auf das Schiksal künftiger Geschlechter einwirken, nicht daß wir uns selbst veräussern, und zugleich die Bestimmung unsers Gatten, unsrer Kinder von uns, die wir uns nicht mehr besitzen, abhängig machen. Wenn nun der erste Taumel vorbey ist, wenn die Maske, welche Sitte und Sinnlichkeit dem Bräutigam anlegten, treuherzig weggeworfen ist, wenn er sich redlich – oder vielmehr zuversichtlich zeigt wie er ist: wie bestürzt wird dann die arme Agathe da stehen! Ewig der Liebe und ihres süssen Trugs bedürftig, hofft sie nun als Mutter Entschädigung zu finden für alles was ihre verrätherische Fantasie ihr versprach. Nach langen Schmerzen, langem Harren hält sie endlich diese Frucht – den ersten Vorboten ihres Verwelkens – in ihren Armen, und erkennt täglich neue Ketten, die sie auf dem Wege nach einem unsichern Ziele belasten. Es schwindet die Hoffnung, es schwindet der Muth, das zu erlangen was sie erwartete. Um nicht über die Kälte, die Plattheit, die Animalität der Ehe zu verzweifeln, bequemt sie sich nach und nach zu aller Mittelmäßigkeit, die zu gewöhnlichem Glüke erfordert wird. Wohl ihr! Sie fühlt bald nicht mehr, daß zwischen ihrem Zustand und dem Zustand der Thiere, die sie auf ihrer Meyerey mästet, nicht viel mehr Unterschied ist, als daß ihr Leben ihre Bestimmung zerstört, während das Thier durch sein Leben die seinige vollkommen erreicht. Die Kinder wachsen auf, die gütige Natur entwickelt das Geschöpf bis zum Zeitpunkt der Blüthe: es kommt ein Augenblik des Gefühls, ein Augenblik von Ahndung des Vortreflichen, von Glauben an ein geistiges Daseyn; aber die Blüthe wird von Geschlecht zu Geschlecht erstikt – erstikt, daß ein menschliches Wesen, welches einmal seine Bestimmung verfolgt, welches einmal wird was alle werden können, uns staunen macht, uns schrekt, uns lästig wird, wie ein Gespenst oder ein Bewohner fremder Welten.

O La Peyrouse! Magst Du Dein Grab
in den Wellen finden,
magst Du unter der Axt eines Wilden
fallen,
oder auf dürren unbewohnten Ufern
dem Tode entgegen schmachten –
so kanntest Du doch Dein Ziel!
so können selbst die Trümmer Deines
Schiffs
zur Wohlthat werden, und den Piloten
vor der Stelle warnen,
wo Du Deinen Untergang fandest!

Als sich Sophie nach Lehrbachs Entfernung wieder allein gefunden hatte, gieng sie die Geschichte des Vormittags durch, und konnte Lehrbachs Betragen unmöglich tadelnswert finden; denn das Unrecht, gegen ein Weib in ihrer Lage Leidenschaft zu äussern, brachte sie nicht in Anschlag, wie man in der Gesellschaft überhaupt dagegen unachtsam geworden ist. Vielleicht sieht es darum mit der Sittlichkeit nicht viel schlimmer aus, als ehemals, und die Verderbniß, oder vielmehr die menschliche Schwäche zeigt sich vielleicht nur anders: wenigstens müßte die Reform sicherlich auf alle Theile sich erstrecken. Sophie hielt für das Beste, des Vorgangs nicht mehr zu erwähnen; um aber nicht in Verlegenheit zu kommen, wenn ihre Gesundheit Lehrbach veranlaßt hätte, seinen Besuch am nämlichen Tage zu wiederholen, kleidete sie sich an, und gieng zu K.s. Von da fuhr sie, schon sehr erhizt, in die Assemblee. Es war sehr heiß im Saale; Sophie, die schon Fieber hatte, schwazte lebhaft: auf einmal eilte alles an die Fenster, um ein zufälliges Zusammenlaufen von Volk zu sehen – Der Abendwind war schneidend, Sophie fühlte plözlich eine fürchterliche Zusammenziehung der Lunge; sie verließ das Fenster, und sezte sich fast erstickend nieder. Gerade in diesem Augenblick trat Lehrbach mit dem Doktor Ernst herein. Er hatte sicher gehofft, daß Sophie nicht ausgehen würde, und um so mehr, als seit dem Nachmittag eine strenge Kälte eingetreten war. Die beyden Männer eilten zu Sophien; sie fragten: ohne antworten zu können, abwechselnd bleich und roth, legte sie die eine Hand auf die Brust, und die andre auf des Doktors Arm. Lehrbach that einen Ausruf des Entsetzens; Sophie mußte nun einen

Auftritt befürchten, der ihrem Ruf schaden, der ihren Gemahl kränken konnte – sie faltete ihre Hände, und stammelte gegen Lehrbach: schonen Sie mich, fassen Sie sich – Er überwand sich; der Doktor hatte unterdessen die Frau vom Hause herbeygeholt, die so gut wie die übrige Gesellschaft durch den Vorgang auf der Strasse verhindert worden war, Sophiens Zustand wahrzunehmen; man führte Sophien in ein Nebenzimmer, leistete ihr alle Hülfe, und brachte sie in einer Sänfte nach Haus. Troz aller Bemühungen des Arztes, dauerte der Krampf bis nach Mitternacht. Lehrbach hatte Sophiens Wink streng und treu befolgt: alle seine Plane waren in diesem Augenblick fern von seiner Seele, er wollte nichts als ihr Leben, ihre Ruhe. Sobald er sie mit dem Doktor in das Nebenzimmer gebracht hatte, gieng er zur Gesellschaft zurük, und zwang sich, noch eine gute Weile da auszuhalten. Drey Männer, mit denen Sophie gespielt hatte, waren jezt müßig; er lud sie zu einem Hazardspiele ein, gewann erstaunlich, und flog, sobald es möglich war mit Anstand wegzugehen, nach Schellbergs Wohnung. Es war nach neun Uhr, Sophie litt noch heftig: Lehrbach ließ den Arzt herausrufen, dessen Bericht nichts weniger als beruhigend war. Damit konnte er sich für heute nicht begnügen; er kam jede Stunde wieder, bis er nach Mitternacht vernahm, daß der Arzt so eben fortgegangen wäre, und daß Sophie schlummerte. Er war nur in das Gesindezimmer getreten; Sophiens Knabe, der sonst bey ihr schlief, war hier auf ein Bett gelegt worden, und Lehrbach fand sich eine Weile bey dem Kinde allein, da die Leute alle um die Kranke beschäftigt waren. Der Knabe wachte auf: er weinte, sich verlassen auf dem ungewohnten Lager zu sehen; Lehrbach suchte ihn zu trösten, das Kind stieg im Bette auf, strekte seine Arme nach ihm; er nahm es, erzählte ihm von der Mutter, beruhigte es, und es schlief auf seinem Schooß wieder ein. Dieser Augenblick war der erste, der einzige der Art in Lehrbachs Leben. Was ihn hier auf diesem Platze festhielt, war ein ungetheiltes Gefühl: Liebe, Bewunderung des besten, edelsten Wesens, das er in Gefahr wußte; des Kindes sanfter Athem, der sein Gesicht anwehte, schien ihn zum Freund, zum Bruder einzuweihen – dann aber sah er Sophien unbefriedigt, unglüklich in ihrer Ehe, halb schon für ihn gewonnen, dachte sich die Wollust, mehr als Freund, mehr als Bruder zu seyn – und den Frieden dieses Hauses zerstört durch ihn! Dieses Kind mutterlos durch ihn! Denn wie würde jenes weiche Herz Daseyn und Schuld je vereinen? Noch nie war ein solcher Gedanke deutlich in ihm geworden: er fühlte sich so heftig bewegt, daß er den Kleinen fast aufwekte. Jezt kam das Kindermädchen, und wie Lehrbach erfuhr, daß der Arzt aus dem Hause gienge, eilte er ihm nach, um genaue Erkundigung über Sophiens Zustand einzuziehen.

Sophie war den folgenden Morgen weit besser; der Krampf hatte eine große Schwäche bey ihr zurükgelassen, und der Arzt verbot ihr zu reden. Die Kinder, befremdet, ihre Mutter so blaß, so stumm, so leblos zu sehen, standen traurig von fern, sprachen leise bey ihrem Spiele, und verlangten bald aus ihrem Zimmer heraus. Sophien kam es vor, als wäre sie schon abgeschieden, und sähe von ihrem Sarge aus, wie sie ihre unschuldigen, unwissenden Lieben verscheuchte. Sie sehnte sich nach ihrem Gatten, und trauerte über ihr hinwelkendes Leben. Das Kindermädchen erzählte ihr, wie sie diese Nacht den Knaben angetroffen hätte – gewiß, sagte sie, der gnädige Herr hätte selbst nicht freundlicher mit dem Kind umgehen können, wie Herr von Lehrbach – Sophie erröthete. Sie erinnerte sich, wie Schellberg während ihres Kindbetts nach ihrer Trauung neben ihr gewacht, für sie und für ihr Kind gesorgt hatte; dann erinnerte sie sich auch ähnlicher, seitdem vorgefallener Gelegenheiten, wo sein ruhig fliessendes Blut, wenn ihm seine Gegenwart nicht gerade nothwendig geschienen hatte, ohngeachtet ihrer oder ihrer Kinder Lage, ihn bewog zu seiner gewöhnlichen Zeit sein Lager zu suchen. Sie weinte viel, aus Schwäche, aus schmerzlichem Nachdenken. Der Doktor fand sie zweymal weinend. Liebe Frau Obristin, sagte er den zweyten Tag zu ihr, Sie haben keinen vertrauten Weiberumgang, und da wüßte ich just auch keine Erholung für Sie – aber Sie dürfen jezt schon wieder ein Wörtchen sprechen; wenn Sie also meinem Rathe folgen wollen, so lassen Sie Ihren HausFreunden freyen Zutritt. Herr von Lehrbach durfte noch nicht kommen; ausser ihm, denke ich, lassen Sie niemanden vor – aber zerstreuen müssen Sie sich, das Denken taugt nichts, und der alte Herr da – (sie hatte sich von ihrer Schwester aus dem Plutarch vorlesen lassen) – kann Sie eben nicht erheitern. Doch gilt mein Rath nur, insofern Sie mit Ihrem Herrn Gemahl – den ich noch nicht die Ehre habe zu kennen – einverstanden sind.

Dieser Zusaz jagte eine lebhafte Röthe in Sophiens Wangen. Sie hustete in ihr Schnupftuch, um sich vor dem wohlmeynenden

Mann zu verbergen. Der Gedanke, als könnte man Schellberg für eifersüchtig, und Lehrbach für einen Gegenstand seiner Eifersucht halten, brachte sie auf. Ihr geheimer Wunsch ihn zu sehen, der Dank den sie ihm, auch vor dem Arzt, auch vor ihren Leuten, für seine Theilnahme schuldig war, bestimmte sie: sie gab dem Doktor Recht, und befahl, wenn Herr von Lehrbach, oder sonst ein Besuch käme, sollte er angenommen werden.

Lehrbach seinerseits wußte, daß sie nicht zu Bette läge, und doch waren nun schon drey Tage verflossen, ohne daß sie ihm erlaubt hatte sie zu sehen. Er hielt dies für Entschluß, und für einen ungerechten, unvorsichtigen, undankbaren Entschluß: er hatte nichts gethan, ja seit ihrer Gefahr nichts gedacht, was ein solches Verfahren verdiente. Er fand sie weniger ehrwürdig in dieser Strenge, und sann mit leichterem Gewissen auf seine Entwürfe. Desto überraschter war er, als er wie gewöhnlich in das Haus kam, um sich zu erkundigen wie sie sich befände, und man ihm die von ihr gegebene Weisung ankündigte. Da er durch seine bescheidene Beharrlichkeit, nur nach ihrer Gesundheit zu fragen, sich gleichsam das Recht, Unrecht zu leiden, hatte verschaffen wollen, so war er jezt auf die Zusammenkunft nicht vorbereitet. Sophie war allein, ihr blasses Gesicht färbte sich, ihre matte Stimme ward noch leiser indem sie ihm für seine Theilnahme dankte – Sie mir danken? rief er, ich muß danken, dem Himmel danken, daß Sie leben, Ihnen danken, daß ich Sie wieder sehe, diese arme süße Stimme wieder höre – Er kniete auf einem Kissen, worauf ihre Füße standen. Sophie war sehr bewegt, sehr betroffen. Sie zog ihre Hände zurük – Das war nicht des Arztes Absicht, sagte sie mit einer leichten Wendung, als er Sie mir vorschrieb. Sie sollten mich nicht weinen machen, Sie sollten mich zerstreuen – Lehrbach fühlte an ihren Knien, die seine Brust berührten, daß sie vor Erschütterung zitterte; er stand erschrocken auf – Sehen Sie wohl? sagte sie; lassen Sie uns vernünftige Leute seyn – Er gehorchte, suchte sie mit gleichgültigen Dingen zu unterhalten, bewachte ihre Bewegungen mit ängstlich zärtlichem Blik; anfangs war sie zerstreut, aber sie beruhigte sich zusehends, und ein heiterer, würdiger Ernst verbreitete sich über ihr ganzes Wesen. Ihr Gespräch ward sehr angenehm, Lehrbach hatte alle Eigenschaften es in diesem Ton zu erhalten; wie er aber sah, daß ihre Lebhaftigkeit sich ihrer zu bemächtigen anfieng, brach er selbst ab: bin ich nun vernünftig, fragte er, wenn ich so meinem schönen Glük entsage? Sie dürfen nicht länger reden; erlauben Sie mir aber, morgen zuzusehen, ob Sie schon zu viel redeten? – Sie verbeugte sich verbindlich; er fragte, ob er ihr ihre Kinder schicken sollte, und auf ihre verneinende Antwort stellte er ein Tischchen mit einer Schelle und ihrem Getränke neben ihren Siz, und verließ leise das Zimmer.

Sophie hatte seit jener Vorlesung aus dem Raynal einen Gedanken gehabt, nicht als Vorsaz, aber als Folge der Umstände unter gewissen Bedingungen: Lehrbachs edles Benehmen bey ihrem Zufall und während ihrer Krankheit, dann der Ausbruch seiner Leidenschaft bey diesem Wiedersehen, bestimmten sie nunmehr wirklich, ohne Streit, im arglosen Bewußtseyn ihrer Absicht, ihm bey seinem nächsten Besuch, sobald sie seine angelegentlichen Fragen wegen ihrer Gesundheit beantwortet hatte, das folgende Blatt in die Hand zu geben.

»Meine Freymüthigkeit gegen Sie ist mir einmal geglükt. Das ist schon lange her, und es hat etwas Abentheuerliches, daß ich mich nach mehreren Jahren wiederum fast in einem ähnlichen Falle mit Ihnen befinde. Als Sie mir damals sagten, daß Sie mich liebten, war ich jung, geliebt, liebend, und sehr unglüklich. Die äusserste Spannung aller meiner Kräfte hielt mich allein aufrecht bey einem mit jedem Tag sich erneuernden widerwärtigen Schiksal. Ich fürchtete mich vor meinem Bedürfniß nach Trost; denn ich wollte von niemanden Trost, da mein abwesender Freund mir ihn nicht geben konnte. Sie erfuhren die Lage meines Herzens, Sie hatten Ehre und Menschlichkeit: Sie verließen mich.

Ich bin jezt Weib des besten Mannes, bin Mutter liebenswürdiger Kinder – wie damals Furcht, Verstellung, Widerwillen, so umgeben mich jezt Vertrauen, Wahrheit, und Liebe. Aber mit der Veränderung meiner äusseren Lage hat sich auch mein Inneres verwandelt. Verblüht, krank, kämpfe ich in meinem müden Herzen mit Sehnsucht nach dem Tode und der Pflicht zu leben. Das erhebende Zutrauen, beglücken zu können, weicht der vernichtenden Furcht, unglücklich zu machen. Ich bin gemüthskrank: das weiß ich in Stunden wie die jetzige, wo meine Vernunft freundlich einem zu zarten Herzen die Hand bietet – Und diesem halb unglüklichen, halb tadelnswürdigen Weibe sagen Sie wieder, daß Sie sie lieben.

Jetzt ohne Hoffnung, ohne Wünsche – warum also?

Für meine Ehre, für mein Gewissen, im gewöhnlichen Sinne, können Sie mir nie gefährlich seyn. Aber ich bin sehr weich und sehr heftig; die Gefühle des einfachen Wohlwollens nehmen bey mir leicht den Ausdruk der Leidenschaft. Ihre Liebe beunruhigt mich, so lange ich sie mit der Maske der Konvenienz bedecken muß. Es sind schon Augenblike gewesen, wo ich das Erniedrigende des Geheimnisses und der Verstellung zwischen uns fühlte: meine Alles überflügelnde Fantasie könnte Sie sehr irre an mir machen. Ich reisse den Schleyer also nieder zwischen uns, und rede.

Vor acht Jahren hätten Sie wünschen können, meine Sinne zu verführen. Das können Sie jezt nicht mehr wünschen, und vor acht Jahren und jezt war es unmöglich.

Also mein Herz?

Ich bedarf Liebe, einen Schaz von Liebe in Ausdruk, Worten, Thaten; ich wollte, ich fände volle Befriedigung – insofern könnten Sie mir gefährlich werden, nie aber Gegenliebe erhalten; denn ich ziehe Schellberg Ihnen vor. Gefährlich würden Sie mir, wenn Sie mich durch meine Heftigkeit von meinem stillen Leben in meiner Pflicht abzögen. Ich würde Sie leiden sehen, und Theil an Ihnen nehmen: dann wäre meines Mannes häuslicher Friede, meiner Kinder Erziehung gestört, und meine GewissensRuhe dahin.

Lassen Sie also das nicht Ihr Wille seyn.

Ich weiß, Freundschaft zwischen Mann und Weib behält immer eine Schattirung von Liebe, durch die Innigkeit unsrer Fantasie, durch den Reiz der Zurükhaltung, der Ihr euch nur aus Zwang unterwerft. Das fürchte ich aber nicht: ich werde ohne Furcht und Zweifel Ihre Freundin seyn.

Der ganze Schritt, den ich hier thue, ist nicht romanhaft. Ich habe von Ihnen keine Begriffe, die man überspannt nennen könnte. Ich weiß, wie die Welt Sie berurtheilt; ich weiß, wie Sie wohl über meine Verhältnisse und über Ihr Herz denken mögen. Aber ich kenne auch die Allmacht reiner Weiblichkeit über den Mann – selbst den verdorbenen Mann: einen Weichling, einen weinenden Liebhaber hätte ich nicht so behandelt.« Lehrbach erschrak, als sie ihm das Blatt gab. Während er las, kam ein Besuch, der Lehrbach alle nöthige Zeit ließ. Er hatte gelesen, faßte sich, und hoffte, wieder mit Sophien allein zu seyn. Daraus wurde aber nichts; Sophie sah seine Heftigkeit in seinen Bliken, und ihre Lage war dabey peinlich: sie richtete die ihrigen mit einem gütig bittenden Ausdruk auf ihn, ihre Stimme war sehr melodisch, ihre Miene sehr offen, und durch das Bewußtseyn der Wahrhaftigkeit ihres Thuns verklärt. Lehrbachs Heftigkeit ward dadurch zur Rührung: er verließ das Haus. Noch an demselben Tag erhielt Sophie diese Zeilen:

»Ich erkenne den ganzen Edelmuth Ihres Betragens; aber Sie messen die Gefahr nicht, der Sie einen Mann aussetzen, welcher fähig ist Sie zu schätzen. Man liebt Sie nicht ohne Wünsche: wäre es möglich, Sie zu verführen, ich mahlte Ihnen die rasende Heftigkeit der meinigen, ich beleidigte Gastrecht, Tugend, Menschlichkeit, und jauchzte selig, selig, in Ihrem Falle. Aber Hoffnung hatte ich nie, und nach Ihrem edeln, grausamen Briefe sehe ich die Unmöglichkeit völlig ein. Ich weiß den Augenblik wo Sie der Reue vergessen würden, wo ich nur glüklich seyn würde; aber es wäre nur ein Augenblik – Ihr Leben würde dann langsam verschmachten, und Ihr Leben ist die erste Bedingung meines Daseyns. Also nicht aus Tugend, sondern aus Eigennuz entsage ich meinen Wünschen – Sähen Sie mich dieses schreiben, so würde Ihre engelgleiche Güte mir einen jener beseligenden Augenblike gewähren, die mich schon einigemal fast von Sinnen brachten. Sie würden Ihre sanfte Hand auf meinen Arm legen der konvulsivisch zukt – Sie würden mit dem HimmelsGesang Ihrer Stimme zu mir sagen: Lehrbach, schonen Sie sich –

Dies sey meine Rache gegen Sie, weil Sie mich zwingen zu entsagen, daß Sie es von mir hören, daß meine Liebe wünscht, begehrt, daß ich Haß, Verbrechen, Tod denken kann in dieser Liebe – aber nun haben Sie gebüßt, und ich entsage meinen Wünschen, und was dann bleibt, ist Freundschaft. Sie sind jezt sicher, Sophie. Sie sollen mich nie mehr leiden sehen, ich werde nicht mehr leiden; aber streng fordre ich nun auch die Erfüllung Ihres freywilligen Versprechens, fordre Vertrauen, Duldung, Theilnahme.

Leben Sie Ihrer Pflicht. Ich verstehe Sie ganz, verstehe dieses himmlische Herz das niemand versteht, würde es ewig verstehen – und bin nicht so gut als Schellberg: die ganze Weite der Himmel ist zwischen uns – und dennoch verstehe ich Sie ganz. Adieu meine Freundin Sophie. Sie sind das Edelste was ich kenne. Sie werden bey diesen Zeilen weinen, Sie werden sich beruhigen, und Ihr reines, allreines Gemüth wird Sie der Nothwendigkeit, das Blatt zu vernichten, überheben. Wird Ihre Tochter nicht einst würdig seyn, daß ich sie mit ihrer Mutter bekannt mache, daß ich ihr sage: Fordre den Brief von deiner Mutter, damit du sie kennen lernest?«

Sophie konnte mit diesem Briefe nicht zufrieden seyn. Sie war äusserst bewegt; sie grübelte bis spät in die Nacht über ihr Schiksal, und über die Seiten ihres Herzens die dieses Schiksal bestimmten – Aber wie hätte er mir denn schreiben sollen? fragte sie sich endlich, und nun mußte sie lächeln. Sie sah, in einem so gewagten Verhältniß konnte kein Brief ihr völlig genügen, und in diesem fand sie eine so freche Wahrheit, daß sie allen ihren Stolz, alle ihre Weiblichkeit dagegen stellen konnte. Sie war nun ruhig, und schlummerte ein.

Es verdrießt mich, den Gang dieses unseligen Schiksals zu unterbrechen, um auf einige Fragen zu antworten, die ich von allen Seiten höre. Wenn aber ihr Andenken im Herzen ihrer Freunde auch sicher ist vor allem beschränkten Tadel, so muß sie, die im Leben selbst von guten Menschen nicht ganz verstanden ward, doch hier, in dieser sie feyernden Darstellung, für gute Menschen nichts Dunkles mehr behalten.

Warum nahm Sophie nicht den sichersten Weg, den ihr die Pflicht anwies, und bannte Lehrbach aus ihrer Gegenwart? – Weil sie reinen Herzens und reinen Sinnes war. Sie kannte nur eine Gefahr: Selbstbetrug, und den hob ihre Erklärung; weiter fürchtete und vermied sie nichts. Ich muß mir übrigens gefallen lassen, daß vielleicht nur wenige Weiber dies verstehen, wenige Männer es glauben, und ich gebe zu, daß es als Grundsaz nicht taugt.

Warum entdekte Sophie ihrem Manne nicht ihre Lage? War dazu mehr Freymüthigkeit nöthig, als zu jenem Schritt? – Mehr Freymüthigkeit nicht, aber mehr Glaube an das Glük ihres Herzens; und darin lag ihr Unrecht. Sie hatte nur die Gleichgültigkeit vor Augen, mit welcher ihr Mann alles, was aus ihrem Herzen kam, als Schwärmerey behandelte. Lehrbachs Liebe zu ihr war durch eine Verwechselung, die das Gewebe ihres Schiksals ausmachte, mit ihrer Liebe für Schellberg zusammengeschmolzen; sie konnte jene nicht berühren, ohne diese einer schmerzlichen Verletzung auszusetzen; weibliche Furchtsamkeit, weibliche Weichheit, die gegen einen Mann, der von Liebe spricht, nicht leicht ausbleibt, mochten auch mitwirken. Verbergen wollte übrigens Sophie nichts, sie wollte den ersten Augenblik nutzen um alles zu entdecken, und als sie jenen Brief schrieb, war sie entschlossen, mit Schellberg davon zu sprechen sobald er zurükkäme. In dieser Rüksicht schmerzte sie Lehrbachs Antwort; denn jede Pflicht verbot ihr, diese ihrem Gemahl zu zeigen, und sie war dadurch zu der Nothwendigkeit verurtheilt, einen Theil dieser Geschichte für's erste zu verschweigen.

Ihre nächste Zusammenkunft mit Lehrbach war heiter. Es traf sich einige Tage hintereinander, daß sie nicht allein beysammen waren, und er betrug sich ganz wie sie es wünschte. Das erstemal als er sie ohne Zeugen sprach, sagte er leichtherzig: Sie werden zufrieden mit mir seyn, ich vergesse kein Versprechen – Sie ließ ihm Gerechtigkeit widerfahren; sie gestand ihm aber ihren Schmerz, daß sie ihrem Gemahl seinen Brief nicht mittheilen könnte: das stört mein Bewnßtseyn, sezte sie hinzu – Lehrbach erröthete: soll ich einen andern schreiben, den Sie zeigen können? fragte er boshaft. – Es ist nicht edel, sagte Sophie sanft, aber stolz, daß Sie die erste Sorge, die ich Ihnen anvertraue, so aufnehmen. Nein ich werde warten, und die Zeit wird doch kommen, wo ich den Brief sicher in seine Hände geben kann –

Lehrbach sah sie betroffen und fragend an.

Wenn Ihre Freundschaft uns bewiesen hat, daß er die erste und lezte Raserey des Liebhabers war, – oder –

Nein, kein Oder! unterbrach er sie; Verzeihung dem Neuling in der Freundschaft! Er ist schwer bestraft, das Glük dieses Augenbliks verscherzt zu haben –

Sophie gieng unbefangen zu einem andern Gespräch über, und es fiel weiter nichts vor, das ihr Gefühl hätte stören können. Es folgte nun ein Zeitpunkt von innerem Glüke: sie blikte fest auf einen hellen Punkt von Wahrheit – und erbaute ein fantastisches Gebäude, an dessen Unhaltbarkeit sie lange nichts erinnerte. Schellbergs Abwesenheit ersparte ihr den schmerzlichen Vergleich zwischen jezt und ehemals, zwischen ihm und Lehrbach. Ihre Liebe wusch nach und nach die bitteren Erinnerungen weg, und sein Betragen stand nur noch als Eigenheit, nicht mehr als Unrecht vor ihr. Was Lehrbach anbetrift, so hatte Sophiens Brief, dieser kühne reine Schritt, ihn wirklich gerührt. Zufälliger Weise hatte er kurz vorher ein ausführliches Gespräch mit dem Arzt gehabt, der ihm sagte, den Grund von Sophiens – wie er fürchte – schon sehr weit gekommenem Übel könne er, da sie versichre, keinen Kummer zu haben, zugleich aber sich selbst beschuldige, alles zu heftig zu empfinden, auch nirgends anders suchen; wenn man ihr also die äusseren Veranlassungen nicht aus dem Wege räumen, wenn man sie nicht lehren könne, sich zu mäßigen, so müsse sie in beständiger Spannung aller ihrer Kräfte sich bald aufreiben. Zudem sah Lehrbach wohl, daß ein solches Weib nicht von ihren Grundsätzen abzuleiten war: wer seinem Feinde so kek in das Gesicht schaut, kann sich schwerlich gegen die Gefahr verblenden lassen, und es giebt kein Mittel, ihn zu besiegen, als den Gedanken, daß ein Feind zu bekämpfen sey, zu vertilgen. Von dieser Seite paßte also Sophiens Vorschlag zu Lehrbachs Wünschen. Er fühlte zwar über seine erzwungene Resignation einen gewissen Grimm, der aber nur in seiner Antwort auf Sophiens Brief die Oberhand behielt: ihr Umgang entwaffnete ihn.

Das arme Weib ward täglich vertrauender. Sie überließ sich dem Schwung ihres Geistes, dem Reichthum ihres Herzens: Wiz, Wehmuth, Heroismus, Kinderey, wechselten unabläßig mit einfacher treuer Erfüllung ihrer häuslichen Pflichten ab. Auch von ihrem Manne sprach sie mit Lehrbach, von ihrem Glüke an seiner Seite, von der einzigen Störung, die es durch ihre kränkliche Reizbarkeit litt, von dem Kampf zwischen ihrer Liebe; ihrer Billigkeit, und ihrem unbesiegbaren Hange zur Schwärmerey. Alle diese Gegenstände behandelte sie mit leichtem Muthe: denn die Ruhe die sie schmekte, gab ihr Vertrauen auf sich, schuf die Hoffnung, daß sie sich bessern könnte, in ihr, ließ sie die Heiterkeit, nicht mehr Unrecht zu thun, schon im voraus empfinden. Lehrbach suchte in solchen Gesprächen alles, was sie auf sich selbst zu aufmerksam machen konnte, zu entfernen. Er tadelte sie, wegen ihrer Forderungen an ihren Mann, noch strenger als sie es selbst that, und doch auf eine Weise, die ihre heitere Stimmung nährte; er stellte ihr vor, ob es nicht die höchste Liebe wäre, durch und für das Glük seines Weibes zu leben, wie Schellberg thäte, ob sie seine Sprache, weil es nicht ganz die ihrige wäre, nicht vernehmen wollte, ob sich der fromme Christ etwa dächte, daß das VaterUnser, in den zischenden Tönen eines Britten gebetet, Gott weniger wohlgefällig wäre, als in der bezaubernden Sprache einer Toskanerin – und unter Scherz und Ernst schmeichelte er ihr die Überzeugung, es sollte nun alles besser gehen, immer mehr in das Herz. Zuweilen sprach er von sich, und von seinem vergangenen Leben, das ihn für wahren Genuß verstümmelt, abgestumpft hätte. Ich fühlte längst, sagte er einmal, was allein mich retten, mir neue Ansprüche auf bürgerliche Thätigkeit, Glük, Ehre, geben konnte: eine heftige Leidenschaft allein. Doch lachte ich über diesen Gedanken, so oft er mir beyfiel, bis ich vor acht Jahren Sie erblikte. Da ward mir klar, daß ich recht gefühlt hatte. Ich sann auf Mittel, Nation und Vaterland zu vertauschen, und unter Ihren Augen eine neue Laufbahn anzufangen. Es konnte mir nicht entgehen, daß Ihr Blik anders auf mir ruhte, wenn mich meine unbändige Heftigkeit zu einer Unvorsichtigkeit hinriß, als auf Ihren bescheidnen Landsleuten, die Ihnen so ergeben ihren Weihrauch streuten. Ihren Gatten fürchtete ich nicht: wonach ich trachtete, das konnte er nie besitzen – und so überwältigte mich ein Augenblik, wo Sie mich verführten – ja Sie, Sophie, Sie, durch diese Blike voll Güte, voll Seele, durch diese Stimme – ja Sie verführen, Sie locken die Liebe in Herz und Hirn und in alle Sinne –

Lehrbach! rief Sophie sanft, und legte ihre Arbeit hin; das ist wider unsern Vertrag, das reißt mein Vertrauen wieder nieder –

Von der Vergangenheit zu sprechen? Soll der Gestrandete sich nicht erinnern, wie sein Schiff einst mit stolzen Segeln auf den Hafen zu eilte?

Er soll seinen Schiffbruch dem gutherzigen Landmann, der ihn in seiner Hütte aufnahm, der ihn aus seiner Schaale essen, aus seinem Becher trinken ließ, nicht vorwerfen –

Lehrbach, der seit einigen Sekunden mit der heftigsten Deklamation redend vor ihr gestanden hatte, gieng, die Hand vor der Stirn, das Zimmer hinab – Sophie, Sophie! wäre dieses nicht Unschuld –

Nun? – Sophie sah ihn groß an.

Können Sie dieses alles sagen, um mir wohlzuthun? fragte Lehrbach, und faßte ihre Hand. Um Ihnen wohlzuthun! erwiederte Sophie feyerlich, und legte ihre andre Hand auf ihr Herz.

Nun so soll es das auch – so sollen Sie auf Ihrem schönen, gefährlichen Wege ungestört fortgehen –

Ich verstehe Sie nicht recht, Lehrbach.

Sie brauchen es nicht. Lassen Sie mich immer einmal den Geheimnißvollen spielen – Sophie, wenn es in meiner Gewalt stünde, Schellberg einzuhauchen, was ich mit Riesenkräften in mir niederzuhalten suchte, ich thäte es, und gienge morgen nach Amerika!

Kindskopf!... Ich möchte nicht, daß Schellberg ein Haar Ihres Hauptes, einen Gedanken Ihres Kopfes hätte –

Schön! wahrlich schön! So wird Grosmuth belohnt, und dann schreyen die Leute über Verderbniß –

Bitte, Herr von Lehrbach, keine *querelle d'allemand*! Ist es nicht Ihr Wunsch, daß ich schwatzen soll, wie ein Kind, daß ich hier auf meinem Zimmer ganz ich seyn soll, um es dann, wo es nichts taugt, desto weniger zu seyn? –

Bey einiger Scharfsichtigkeit, bey einiger Achtsamkeit, müßte Schellberg in den Briefen, die Sophie ihm damals schrieb, etwas, das unberührt blieb, und doch auf sie einwirkte, bemerkt haben. Sie erwähnte jezt der Disharmonien in ihrem Wesen mit der heitersten Zuversicht, daß sie nicht mehr zum Vorschein kommen sollten; sie sprach nur von ihrem Unrecht, und gar nicht mehr von ihren Wünschen. Sie nannte Lehrbach oft, und mit scheinbarer Unbefangenheit. So schrieb sie einmal:

»Ich habe viel mit Lehrbach über seine Tagdieberey gesprochen. Ich sagte ihm frey heraus, daß ich wegen eines Tages, der keine Spur von irgend einigem zwekmäßigen Thun zurükließe, mit meinem Gewissen nie würde auskommen können. Gott behüte Dich – denn wir Weiber finden zu unserm Glüke doch immer zwekmäßige Arbeit – Gott behüte Dich vor großen Renten! Lehrbach hat mir wirklich vordemonstrirt, daß er nichts zu thun hat. Das kam mir so entsezlich vor, daß ich ihm sagte, ein StaatsBankerott allein könne seine Seele noch retten. Nachher grübelte ich aus, er sollte seine

Leibrenten verkaufen, und sich dafür Landgüter anschaffen. Da lachte er, und sagte, die würden ihm nur vier Procent eintragen, während ihm jene zehn abwärfen – Nun, rief ich, da wären Sie ja eben geborgen, da müßten Sie Ihr Feld selbst bauen, und hätten nicht mehr Zeit, in die Kaffeehäuser, die Schauspiele, die Redouten, zu laufen – Er wollte immer noch scherzen, und sagte: *croyez moi, – le diable n'y perdrait rien!* Aber ich behielt doch Recht, denn ich war von dem Kontrast begeistert, den ich vor mir hatte: ich dachte dein zwek- und genußvolles Leben, gegen seine unstäte, übersatte Existenz. Ich glaube, wir könnten ihn noch bereden, sich mit etwas Ordentlichem abzugeben – Freylich, für wen? Du hattest gut heroisch seyn, dich sprach der Lohn, für Weib und Kind gearbeitet zu haben, allgegenwärtig an – wie das traurig ist, einen Menschen das Gute nur so historisch kennen, und es nur aus Leidenschaft thun zu sehen! Aber Du bist darin nicht ganz mit mir einig, das weiß ich wohl: Du brachtest mich oft auf, wenn Du etwas Gutes nur um meinetwillen thun wolltest: da verschmähte ich bösartig das liebe Opfer, und wollte es um der Pflicht willen vollbracht sehen. Ach ich war oft nicht wie ich sollte! – Du, der Du immer das Beste thust, thu es um meinetwillen, thu es um der Pflicht willen, thu es warum du willst: nur sey glüklich, und laß mich dich glüklich machen –«

Schellberg kam zurük. Er brachte einen alten Kriegskameraden mit, der vor kurzem höchst unerwartet eine reiche Erbschaft gethan hatte; der erste Gebrauch, den er von seinem Gelde zu machen sich anschikte, war, über ***g, wo er zuförderst seinen Freund Schellberg besuchen wollte, nach Paris zu gehen, um dann nach und nach einen lange gehegten Durst nach Reisen zu befriedigen. Ganz unvermuthet traf er unterwegs Schellberg in K. auf dem ParadePlaz; sie reisten zusammen nach ***g, wo er einige Tage in seines Freundes Haus zuzubringen gedachte. Der Major König war ein rechtschaffener, heiterer Mensch, der den sehr beschränkten Kreis seines Denkens und Thuns stets mit dem reinsten Gewissen durchlaufen hatte. Er hatte in allem den besten Willen von der Welt, und wenn er mit diesem etwas Schlimmes bewirkte, haderte er nie mit seiner falschen Ansicht der Dinge, sondern immer nur mit dem Zufall, und fügte sich endlich, als ein frommer Kriegsmann geruhig in eine höhere Schickung. Vom weiblichen Geschlecht hatte er eine, nichts weniger, als weltumfassende, aber sehr vorteilhafte Meynung: er hatte sein Lebelang niemanden dieses Geschlechts gekannt, als seine Mutter, die ihn und sieben Geschwister nach dem Tode ihres Mannes bey'm Schweiß ihres Angesichts groß gezogen hatte, einige eben so brave und streng arbeitsame Weiber seiner Kameraden, und hie und da Subjekte aus einer andern Klasse, in welcher schon mehrere Beobachter eine, alle andern Tugenden überlebende Gutherzigkeit wahrgenommen haben. Die Art, wie Schellberg mit ihm von seinem häuslichen Glük, von den Verdiensten seiner Sophie gesprochen hatte, spannte seine Neugierde bis zur Unruhe. Im Augenblik der Ankunft stand er verlegen von fern, und schien zu lauschen, als ob er seines alten Freundes seliges Loos mit den Gehörwerkzeugen begreifen sollte.

Sophie stürzte ihrem Gemahl mit aller Lebhaftigkeit ihres Gefühls entgegen. Er nahm sie voll Herzlichkeit auf, fragte gleich nach den Kleinen, gab sich mit diesen ab, und jezt zog ihn Sophie wieder an sich – er aber mußte nach seinem Gepäcke sehen; dann kleidete er sich um: Sophie spielte noch kindlich um ihn her, ob sie gleich gewünscht hätte, daß er mit allen diesen Geschäften weniger eilig gewesen wäre. Sie sprach von ihrer Sehnsucht, fragte nach hunderterley Kleinigkeiten, ob er ihr jenen Kupferstich mitgebracht, dieses Buch verschaft hätte – Schellberg klagte über eine kleine Verrenkung am Fuß, wusch sich mit Branntewein, hatte ihre Aufträge gröstentheils vergessen, erkundigte sich, ob sein Schreiber mit gewissen Abschriften fertig geworden wäre, u. s. w. Sophie ward stiller. Das Abendessen war aufgetragen: der Major tafelte gern, man hatte auf die Reise guten Appetit, man aß, trank, wurde schläfrig, trennte sich – nun legte Sophie zärtlich ihren Kopf auf Schellbergs Schulter: Ach wie oft verlangte mich nach diesem Platze! – Und mich nach meinem besten Weibe, und den Kleinen, und meinem guten Bette – ich bin herzlich müde! – Hier säumte er nicht, den Bedienten um sein Nachtzeug zu rufen.

Ein Skelet ist diese Wirklichkeit! – so dachte sie dunkel. Und was nun? dachte sie weiter: das ist wahres menschliches Leben; so hätte ich seyn sollen, und was ich bin, ist Thorheit, unseelige Thorheit! Ich bin nicht glüklich; und mache nicht glüklich; ich habe Fieberträume und FieberErmattung; in jenen quäle ich andre, in dieser verletzen sie mich – O wenn er wenigstens einst sähe, begriffe, wie ich lebte, liebte, litt; einst, wenn diese Hülle abgeworfen ist, die uns niederdrükt in den Staub! – Bey dieser Vorstellung blieb sie stehen, und weinte in schmerzlichem Entzücken, einst von ihrem Manne beklagt, und frey zu seyn von diesem Leibe des Todes.

Sie war den andern Morgen matt. Schellberg fragte besorgt nach ihrer Gesundheit, sie gab ihm, theils aus Schonung gegen ihn, theils aus Härte gegen sich, leichtsinnigen Bescheid. Er suchte noch am nämlichen Tage den Doktor Ernst auf, um ihm für seinen freundschaftlichen Beystand zu danken. Die beyden Männer sprachen ausführlich mit einander, und gefielen sich gegenseitig sehr. Des Doktors Ansicht von Sophiens Organisation war ihrem Manne nicht neu; sein sorglicher Rath bestärkte Schellberg in dem Vorhaben, sie – so nannten sie es – vor aller Gemüthsbewegung zu hüten. Die Guten meynten es so treu, und ihre männliche Wehmuth bey der Vorstellung von Sophiens Gefahr zeugte von so vieler Liebe! Und dennoch, was war ein solcher Vorsaz, als der Vorsaz, immerfort dem Herzen auszuweichen, das ein einziger, voller gleicher Akkord mit dem Herzen des Geliebten – jezt freylich nur vielleicht – doch aber vielleicht noch retten konnte?

An eben diesem Tage kam Lehrbach, um den Wiedergekommenen zu sehen. Er fand ihn nicht, und fragte mit ungezwungener Theilnahme nach seiner Gesundheit, nach hundert Umständen, die ihn betrafen. Er schien nur von Schellberg zu sprechen, und was er fragte, hatte doch auf Sophien die nächste Beziehung. Sie antwortete wenig. Lehrbachs Anwesenheit erinnerte sie an den Gang, den die Dinge nach ihrer Fantasie hatten nehmen sollen; seine Fragen waren meistens von der Art, daß sie wenig darauf zu antworten wußte, da sie ihres Mannes Rükkehr, ausser in einigen Haussorgen, kaum gespürt hatte. Sie sind nicht heiter, meine Freundin, sagte Lehrbach; Sie sprechen so oft davon, wie ruhig Sie seyn würden, wenn erst alles wieder in seinem alten Geleise wäre – warum ist die liebe Stirne nun trüb?

Sie ist es nicht, antwortete sie, und zog ihre Hand störrisch aus Lehrbachs Händen; ich bitte Sie, lassen Sie mir Freyheit, lustig oder mürrisch zu seyn.

Wollte ich je Ihre Freyheit beschränken? Habe ich etwas anderes gewollt, als mich meines schönen heiligen Rechts bedienen, das Sie mir zugestanden haben, als Sie mir die Nichtigkeit jedes andern

Anspruchs bewiesen? Kann ich etwas anders wollen, als Ihren Unmuth theilen – oder ihn tragen, wenn Sie es so wollen?

Seine Stimme war so schmeichelnd, sein trotziges Wesen so in zärtliche Ergebung verwandelt, daß er Sophien rührte. Sie sah ihn wehmüthig an, und wollte antworten, als ihr Mann mit dem Major hereintrat. Es schien zwischen Schellberg und Lehrbach sehr gut zu gehen. Freundschaftliche Erkundigungen wechselten mit freundschaftlicher Auskunft ab. Bald kam man auf Sophiens Gesundheit zu sprechen; Lehrbach behandelte sie mit der Autorität eines Krankenwärters, und verklagte sie mit lustigen Wendungen wegen kleiner Vernachläßigungen, Heftigkeiten, und dergleichen, bey ihrem Manne. Dieser war noch voll von dem Gespräch, das er mit dem Doktor gehabt hatte; er ließ sich eifrig, und da Sophie widersprach, endlich heftig über ihre zu große Reizbarkeit aus. Er sagte einige herzlich gut gemeynte Dinge, deren Wirkung aber nicht berechnet war. Sophie wollte nicht empfindlich werden, und ward betrübt. Lehrbach stimmte mit Wiz und schmeichelhaft mildernd in ihres Mannes Ideen ein, und lenkte das Gespräch anders, wie er sah, daß es unangenehm wurde.

Der Major König hatte hiebey sehr neugierig, und endlich verdrießlich ausgesehen. Er kannte seinen Freund gar nicht von der Seite seines feineren gesellschaftlichen Talents; Geschmak im Leben und Umgang war Schellberg immer natürlich, aber seinem glüklichen Gemüth nie unentbehrlich gewesen, und wo ein Zirkel fröhlicher Menschen beysammen war, öfnete sich sein Herz, ohne es mit dem Übrigen genau zu nehmen, leicht dem Wohlwollen und der Freude. So hatte ihn König in kleinen Garnisonen und in Feldlagern gesehen; nun er ihn in einem witzigen, launigen, hüpfenden Gespräch figuriren sah, wußte er nicht, was er daraus machen sollte. Sophie hatte ihm mit dem stürmisch zärtlichen und wehmüthig weichen Empfang ihres Gatten, mit ihrer zarten Gesundheit, mit der einfachen Zierlichkeit ihres Anzugs und Wesens, das Zutrauen nicht eingeflößt, das ihre gütevolle Höflichkeit verdient hätte. Auf dem Wachthaus, in der verworrenen Lieutenantswirtschaft, war ihm Schellberg weit glüklicher und natürlicher vorgekommen, als jezt Sophiens Gemahl in seiner eleganten, obgleich beschränkten Häuslichkeit. Und Lehrbach misfiel ihm nun vollends; er faßte den Widerwillen gegen ihn, dessen auch die bravsten Deutschen aus den mittleren Klassen gegen Menschen von gallischer Mischung sich nicht leicht erwehren können. Der gerade Mann äusserte nachher seine Verlegenheit, oder sein Misbehagen durch einige Scherze, in welche Schellberg lustig eingieng, dabey aber von Lehrbach, als von einem schätzenswerthen Manne, dessen Umgang ihm sehr angenehm sey, sprach. Der Major vergaß die Klugheit so sehr, daß er mit einer undelikaten Anspielung auf Lehrbachs Landsleute herausfuhr; und sagte, wer eine hübsche Frau habe, müßte gerade nur die langweiligen und häßlichsten unter ihnen in seinem Hause aufnehmen. Sophie erröthete, mehr unwillig als betroffen; mein Herr Major, fiel sie rasch ein, wir machen das ganz anders; wo wir den Vergleich nicht zu fürchten haben, vermeiden wir nicht, uns neben andre zu stellen, und so hat Schellberg noch niemanden sein Haus zu verschließen gebraucht; das ist ja eine Poltrons-Kriegslist! – Den Major beleidigte das Ende der Phrase, und den Anfang verstand er nicht recht; Schellberg that es leid seinen wohlmeynenden alten Kameraden so hart angreifen zu sehen: Sophie fühlte ihre Übereilung, und eilte, da eben das Mittagessen angekündigt wurde, mit einem Gläschen *eau de noyaux* ihren Gast zu versöhnen.

Aber schmerzlich empfand sie, daß ihre Einbildungskraft sich das Beysammenseyn ihres Mannes mit Lehrbach, nach dem, was unterdessen vorgefallen war, nicht deutlich, und von der Wirklichkeit sehr verschieden vorgestellt hatte. Schellbergs Gleichgültigkeit in Ansehung eines Mannes, für den sie ihm so viel Theilnehmung hatte bliken lassen, war ihr unbegreiflich. Irgend etwas entschiedenes, Neigung oder Widerwillen, hätte er um ihrentwillen gegen Lehrbach empfinden sollen. An dem Betragen des Lezteren hatte sie nichts auszusetzen, und eben darum dünkte ihr, daß es nur an ihrem Manne lag, entweder durch etwas Herzlichkeit alles auf den rechten Fuß zu setzen, oder durch Unzufriedenheit ihr Anlaß zu geben, ihn zum Vertrauten des Verhältnisses zu machen, in das sie mit Lehrbach gerathen war.

Schellberg hatte bey seiner Zurükkunft viele Geschäfte vorgefunden. Die Zeit, die ihm diese frey ließen, brachte er in der Gesellschaft seines alten Freundes zu. Hier war jede liebliche, wohlthätige Annäherung, von Herz zu Herz, von Geist zu Geist, zwischen den beyden Eheleuten unmöglich. Der Major konnte zwar in der Länge Sophiens natürlichem Zauber nicht widerstehen, er mußte ihr wie einem Wesen höherer Art huldigen. Wo aber der Verstand so weit hinter dem Herzen zurük ist, geht der Mensch sehr bald irre. Es war Bedürfniß für den Major, zur Entsühnung einer für ihn fremden Vortreflichkeit, einen Fehler darin zu entdecken – und am nächsten lag ihm dieser in dem Verhältniß mit Lehrbach, dem er um so weniger gewogen werden konnte, als Lehrbach ihm die herzlichste Antipathie getreulich zurükgab, und es ungeduldig genug ertrug, daß dieses Menschen Gegenwart Sophiens Gemahl in einen Ton, in einen Zug brachte, der das geliebte Weib schmerzte, alle früheren Berechnungen störte, und bey dem küzlichen Verhältniß aller Theile gegen einander zu gefährlichen Verlegenheiten Anlaß gab.

Jedes solches Zusammentreffen war unter diesen Umständen für Sophien äusserst peinlich, wiewohl Billigkeit und Stolz den Gedanken von ihr entfernten, es absichtlich zu vermeiden. Endlich glaubte sie sich Erleichterung zu verschaffen, indem sie Lehrbach bäte, so viel möglich in des Majors Art zu seyn einzugehen. Allein aufgebracht gegen den ungeschikten Alten, ermahnte sie Lehrbach, sich keiner Sklaverey zu unterwerfen; er ehre, sagte er, Schellbergs dankbare Erinnerung an vergangene Jahre, an verflossene frohe Stunden, aber er würde es ihm nicht bergen, daß keine Gewissenhaftigkeit, keine Rüksicht auf ehemalige Verhältnisse ihn verbände, durch diesen kleinlichen Menschen, ohne ihn froher zu machen, sein Weib in ihrer häuslichen Stille zu stören. Er war so heftig, erklärte sich so entschieden, dem Major auch nicht das Mindeste zu Gefallen thun zu wollen, daß Sophie in ihrer Muthlosigkeit die traurige Schwachheit hatte, Lehrbach die Bemerkung zu entdecken, die der Major nach ihrem ersten Zusammentreffen über ihn gemacht hatte. Sie hatte kaum ausgeredet, so rief sie wieder, erröthend und mit Thränen: Still, o still! Ich weiß, es ist kindisch, es ist beschämend kindisch, daß ich diesen Menschen schonen will – aber ich fürchte mich vor der Zukunft – ich bin krank, ich bin nicht, wie ich sollte, nicht, was ich sollte! Ich war glüklicher –

Lehrbach war bey ihrer Erzählung, von Zorn glühend, aufgefahren; doch dieser erste Eindruk, der ihm die Indelikatesse des Majors zu einer Ehrensache machte, war zu kindisch, um von Dauer zu seyn, und Sophiens Bewegung mußte ihn im jetzigen Augenblik auf allen Fall verdrängen. Er sah von allen Seiten Gefahren, für die Gesundheit des theuren Weibes, für seine Liebe – jede Verwickelung konnte Sophie ihrem Gatten in die Arme führen, und ohne etwas zu bessern, ohne etwas zu ändern, ihm sie ganz entreissen. Als Freund, als glüklicher, oder als unerhörter Liebhaber: das war ihm gleich, wenn er nur Rechte auf sie behielte. Er traf vor sie: wann – wann waren Sie glüklicher?

Sie sah ihn finster mit thränenschweren Augen an: Ja wohl, wann! Nie, und immer! Immer – ehe ich Sie kannte, ehe ich verschweigen und mich scheuen lernte, sezte sie mit stolzer Härte hinzu.

Das ist ungrosmüthig hart, Sophie! – Bin ich denn so glüklich, daß ich eine solche Härte verdiente? Ist der Mann so glüklich, der nach acht Tagen kalter, steifer Entfernung, diesen Augenblik von bitterm, demüthigendem Schmerz für seine höchste Seligkeit erkennt? Verschweigen, Scheuen? Warum das? Sprechen Sie, führen Sie mich vor den glüklichen Schellberg; ich will ihm alle meine Gefühle, alle meine Hoffnungslosigkeit, alle Ihre unendliche Güte offenbaren – ich wünsche dieses, ich bitte darum, aber nicht wegen des plumpen Eingriffs, den dieser fremde Mensch in unsere heiligsten Gefühle wagt – nicht darum, nur um Schellbergs Ehre und Ihrer Ruhe willen – Sein Ausdruk ward gesezter Ernst, indem er sprach. Er besänftigte Sophien, die ihn nun, im Gefühl des falschen Schrittes, zu welchem sie sich hatte hinreissen lassen, freundlich beschämt bat, alles zu vergessen, nur ihre Ruhe vor Augen zu haben – sie sehne sich, diesen Menschen abreisen zu sehen; Schellberg werde dann gesammelter seyn, mehr ihre – mehr unser seyn, sezte sie schmeichelnd hinzu, und reichte Lehrbach die Hand. Er sah sie nachdenkend, und mit einem halb finstern Blike an; denn jedes Wort, das ihre Sehnsucht nach ihrem Gatten ausdrükte, rief den Wunsch, Schellberg sein Weib zu entreissen, in sein Herz zurük, und stellte der Selbstsucht trübe Wolken vor den lichten Zauber der Liebe.

Es kam unglüklicher Weise alles zusammen, um Schellberg in seiner unachtsamen Ruhe zu bestärken; denn selbst des Arztes Vorschrift, die Sophien alle Gemüthsbewegung verbot, glaubte er damit auf das Beste zu erfüllen. Sie litt oft unendliche Qualen, wenn er so jeder Innigkeit auswich; er sah es, und war immer nur blinder.

Lehrbach traf sie einst in einem ihrer düstersten Augenblike. Anfangs suchte er sie zu zerstreuen, aber vergebens, und nun berührte er kühn den wunden Flek ihres Herzens. Sie ließ sich überraschen, ließ ihn eine sanfte Vernunft predigen, die ihr wohl that; er wurde unterbrochen – bey'm nächsten Besuch fand er sich nur einen Augenblik mit ihr allein, und benuzte diesen, um ihr einen Brief zu reichen. Ich sagte Ihnen, sprach er, neulich nicht alles, was mir am Herzen lag; wollen Sie es schriftlich von Ihrem Freunde vernehmen? – Sophie war verlegen, aber sie fühlte nichts, das sie ohne Prüderie hätte bewegen können, den Brief zurükzuweisen; sie nahm ihn an, und hielt ihn noch in der Hand, als Schellberg hereintrat. Hast du Briefe? fragte er hastig. Er hatte viel Correspondenz, besonders wissenschaftliche, an der er sich sehr ergözte; er fragte aus Gewohnheit, ganz treuherzig und gleichgültig. Sophie hatte aber in diesem Stük die Zartheit eines Weibes, den Puntiglio des feinen Tons, und eine früh angewöhnte Zurükhaltung in ihren Geschäften. Sie las ihre Briefe, verbrannte sie sogleich, und mochte, die sie empfieng, wie die sie schrieb, nie mittheilen. Hierüber waren schon öfter kleine Fehden zwischen ihr und ihrem Manne entstanden. Bey seiner jezigen Nachfrage war sie mehr verdrießlich, als bestürzt: er ist an mich, antwortete sie trocken, und gieng aus dem Zimmer.

Lehrbach schrieb ihr Folgendes:

Es ist nicht genug, daß ich Sie einmal tröstete, meine Freundin – ich wäre eigennützig, wenn ich es bey dem Genuß, diese kostbaren Thränen vor mir geweint zu sehen, bewenden ließe, und nicht lieber suchte, ihre Quelle aufzutroknen. Sophie, ich muß jede Tugend von Ihnen lernen: lernen Sie von dem umgetriebnen Sohn der Erde, wie Sie mich nennen, und Sie mich nicht nennen sollten, da Sie wohl wissen, warum mir kein Hafen mehr offen steht – lernen Sie von mir, sich gefaßt vor der Nothwendigkeit beugen. Sie kennen den ganzen Werth Ihres Gatten, und weinen, weil ein Talent, ein Ausdruk des Gefühls, ihm nicht gegeben ist. Ist das nicht Unersättlichkeit? Wenn er nun diese Weichheit, diese Theilnahme hätte, deren Mangel Sie betrübt, ohngeachtet dieser Mangel bey ihm vielleicht die nothwendige Bedingung glüklicher, befriedigter Liebe war, wenn er sie aber hätte, und Sie dabey die Musik leidenschaftlich liebten, während er Abneigung dagegen hätte – würde es Sie nach Jahren noch unglüklich machen, daß er etwa das Zimmer verließe, so oft Sie an das Klavier giengen? Sie würden über ihn lächeln, spielen, wenn Sie allein wären, wenn Ihre Freunde Sie umgäben, und in seiner Gegenwart an keine Musik denken. Sie sagen, Sie fühlen, daß dieser Mann sonst jedem Wunsche Ihres Herzens entspricht – wohl dann, so verscherzen Sie den Genuß eines solchen Glüks nicht, um der einzigen kleinen Befriedigung willen, die Ihnen fehlt. Ich weiß, ich fordre viel von einem so weichen Herzen, von einem Herzen, das ganz in Liebe, in dem Ausdruk der Liebe lebt – O meine Freundin, ich fordre Sie auf, gegen das Schönste, für mich Beglückendste Ihres Karakters streng zu seyn! Nehmen Sie der ärmlichen Freundschaft, mit der ich mich begnügen muß, die mein überschwenglicher Reichthum ist, nehmen Sie ihr diesen Ausdruk weicher Güte, und mir bleibt nichts mehr, um meine hoffnungslose Liebe zu täuschen – Doch nein! das mußte ich Ihnen nicht schreiben. Sehen Sie die Sache aus dem rechten Gesichtspunkt: Sie fehlen – nicht Schellberg – der feste Mann soll sich nicht ändern, das Weib soll es. Und es wird gelingen! Weinen Sie vor mir, klagen Sie sich bey mir Ihrer Schwäche an, bis Sie gelernt haben, nicht Unmöglichkeit zu wollen, bis Sie gelernt haben, einem glüklichen Sterblichen einen Schaz nicht aufzudringen, den er – nicht verwirft, den aber zu erkennen, die Natur ihm versagte.</pre›

Diesen Brief hätte ein feurig- und reinliebender Jüngling nicht schreiben können. Eben so wenig hätte ihn ein Valmont, ein Verführer, hätte ihn Lehrbach, wenn er nicht geliebt, sondern blos zu verführen getrachtet hätte, schreiben können. Der Schmerz, zu dessen Linderung er bestimmt war, den Sophie gegen Lehrbach ergossen hatte, war nicht der bitterste für das unglükliche Weib; dieser hatte ihr Leben schon lange getrübt, und sie doch die reichste Bestimmung finden lassen. Aber zum erstenmal drükte Unrecht, das nicht in ihrem Karakter, sondern in ihrem Thun lag, ihr Gewissen. Sie seufzte nach dem Augenblik, es zu entdecken, und so zu versühnen. Ängstlich ergriff es sie oft in Schellbergs Gegenwart; sie drükte ihn heftig an sich – O mein Freund, rief sie einmal, laß mich meinem Gefühl nachgehen! Wo soll es sich ausschütten, wohin sich wenden, wenn Du es in mich zurükdrängst? – Schellberg führte sie freundlich zu den Kindern: laß uns, sagte er, die wenigen Augenblike, die meine Geschäfte mir übrig lassen, nicht mit leidenschaftlichem Ungestüm verderben! Komm! Du bist mein gutes, süsses Weib – sei auch wie dieser eines! – Er zeigte lächelnd auf die schäkernden

Kleinen. Sophie richtete fast verzweifelnd einen starken finstern Blik auf ihn; es schien ihr Schiksal im Spiele zu seyn.

Schellbergs Stimmung fieng nach gerade an, gegen sein Weib ungünstig zu werden. Seine Geschäfte forderten Heiterkeit, die ihm Sophie jezt weniger, wie ehemals gab. Er fühlte zu wahr, um sich durch ihre gespannte Theilnahme täuschen zu lassen. Sein Bedürfniß nach Erholung trieb ihn an, diese ausser dem Haus zu suchen. Hatte er sie gefunden, so begleitete ihn wohl auf dem Heimweg ein wehmütiges Gefühl, ohne Sophien, die theure einzige Gefährtin seines Lebens, froh gewesen zu seyn, und er drükte sie dann bey'm Eintritt zärtlicher an sich, und neue Hofnung belebte ihr Herz, die aber durch irgend einen Umstand, ausser ihm oder in ihm, bald wieder verscheucht wurde.

Der Major reiste endlich ab. Vorher aber glaubte er, nach der Art dieses Schlags von guten Menschen, es seinem Freunde schuldig zu seyn, ihn noch einmal ausdrüklich vor Lehrbach zu warnen. Er traf einen unglüklichen Augenblick. Schellberg hatte vor einer Stunde seiner Frau Göthe's *Egmont*, den er auf der Reise gelesen hatte, als eine litterarische Neuigkeit nach Hause gebracht; Lehrbach war zugegen; hier, sagte Schellberg freundlich, laß dir vorlesen, indeß ich den Major begleite; es wird dich freuen – aber zu sehr rühren muß es dich nicht: das versprich mir. – Sie nahm das Buch, blätterte, fiel gerade auf die zärtlichsten Stellen, und sagte erröthend: nein, das hebe ich mir auf, bis du mir es lesen kannst; das ist nichts für diesen Profanen – Wie so? rief Lehrbach, und grif lebhaft nach dem Buch; der erste Blik auf die aufgeschlagene Seite ließ ihn sogleich Sophiens Meinung errathen, und sein Gesicht drükte etwas Überraschung aus. Durch eine sonderbare Ideenverbindung erinnerte sich Schellberg in diesem Augenblik zum erstenmal an jene ganz vergessene Geschichte, die ihm Sophie von ihrer ersten Bekanntschaft mit Lehrbach erzählt hatte. Er stand betroffen, er sah beyde an: alle drei schwiegen. Lehrbach nahm sich zusammen: das ist wirklich schmeichelhaft, sagte er; gestern waren Sie philosophisch genug, um sich aus dem *Crebillon* von mir vorlesen zu lassen, und heute bin ich zu profan, um ein Werk des Gefühls zu lesen. Demnach wäre ich eben so unbedeutend, als unsentimentalisch! Herr von Schellberg, Ihre Frau Gemahlin könnte den ärgsten Roué für den schiklichsten Gesellschafter für eine Beate erklären.

Die Diversion that für den Augenblik ihre Wirkung. Allein nun
sezte der unselige Major eine Natter an Schellbergs Herz. Er über-
rechnete das Betragen seiner Frau seit der Erneuerung ihrer Bekanntschaft mit Lehrbach, und fand es unbegreiflich, daß er an jenen Umstand nicht früher zurükgedacht hatte. Warum hatte Sophie
geschwiegen? das fragte er sich unaufhörlich; doch treu und redlich
erinnerte er sich auch, wie oft ihr Herz hatte überfliessen wollen,
ohne daß er es je dazu kommen ließ. Weniger eifersüchtig war er
zwar darum nicht; wäre er aber in diesem Augenblike in den Händen eines fein und richtig fühlenden Mannes gewesen, so konnte
der Frieden dieser Ehe und Sophiens Leben gerettet werden. Den
Major reizte die Unruhe, die Bestürzung seines Freundes, sich mit
seinen Vermuthungen noch mehr auszulassen. Er beschmuzte die
ganze Vorstellung in Schellbergs Gehirn, und mischte die kleinliche,
schimpfliche Rüksicht des Bemerktseyns hinein. Sophiens Einfluß
war freylich zu sehr auf Wahrheit gegründet, um so plözlich verdrängt zu werden. Obschon mit sehr verstörtem Herzen, wies er
dennoch den wohlmeinenden Freund zurecht; nie, sagte er, habe
seine Frau ihm Mißtrauen eingeflößt, aber es komme ihm ganz be-
greiflich vor, daß ein Geschöpf, welches seinen eignen Weg so ungestört fortzugehen gewöhnt sei, nach so kurzer Bekanntschaft von
einem guten rauhen Kriegsmann nicht verstanden würde.

Er eilte, sich von dem Major zu trennen. Je näher er seiner Wohnung kam, desto leichter wurde sein edles gutes Herz. Er war sicher, daß ein offenes Gespräch mit Sophien alles aufklären, alles gut
machen würde. So that es ihm freylich weh, wie er sie nicht zu Hause fand: sie war im Schauspiel. Er gieng, sie da aufzusuchen; das
Haus war sehr voll, man führte ein neues, ein wirklich rührendes
Stük auf. Er sah sich vergebens nach ihr um. Endlich zeigte ihm ein
Bekannter vom Parterre aus eine Loge, in welcher man sie mit
Herrn von Lehrbach gesehen hätte. Oft hatte er seine Frau beredet,
mit Lehrbach in das Schauspiel zu gehen, oft hatte er sie mit ihm da
getroffen: heute war es ihm ein Stich in das Herz. Die Fronte der
Loge war mit andern Gesichtern besezt; er gieng indessen hinauf,
und fand Sophien im Hintergrund, in aufmerksamer Rührung über
das Schauspiel verloren. Lehrbach stand bey ihrem Stuhl, nur mit
ihr beschäftigt, so daß er erst bei'm Zufallen der Logenthüre sich
umkehrte und Schellberg erblikte. Er grüßte ihn unbefangen

freundlich, und beugte sich über Sophiens Stuhl, um ihr die Ankunft ihres Mannes zu melden. Auch ihr Empfang war so herzlich und froh, er wurde so erwartet aufgenommen, daß er ganz erheitert sich neben sie stellte, um das Ende des Stüks abzuwarten.

Als es vorbei war, mußten sie lange warten, ehe sie herausgehen konnten. Schellberg war ungeduldig, nach Haus zu kommen: er wollte zweimal aus der Loge, wogegen ihm aber Lehrbach vorstellte, daß die Zugluft im Korridor Sophien schaden würde. Als sie endlich unten waren, ließ sich Lehrbachs Bedienter, der für Sophien eine Sänfte hatte bestellen sollen, nirgends blikken. Schellberg führte seine Frau, und meinte, mit der Kappe über dem Kopf könnte sie wohl zu Fuß gehen. Lehrbach stritt lebhaft dagegen, suchte die Sänfte, kam zurük, ohne sie gefunden zu haben, bat Sophien dringend, sich zu gedulden – War etwas in seinem Ausdruk, das seine Gefühle zu deutlich verrieth, verdroß es Schellberg, daß seine Frau jezt die Aufmerksamkeit einiger umstehenden Gekken auf sich zog: Genug, er sagte zweideutig: wirklich braucht es Geduld, und Sie werden mir erlauben, für meine Frau zu sorgen. – Gegen sie sezte er gebieterisch hinzu, sie möchte nur mit ihm kommen. In der ersten Bewegung warf Lehrbach einen trotzigen Blik auf ihn. Sophie, die schon zitterte, aus Frost in dem kalten Durchgang, aus Angst, aus Schrecken, bemerkte den Blik, legte ihre Hand auf Lehrbachs Arm, und sagte mit der wehmüthigsten Sanftheit: die Nachtluft wird mir nicht schaden – In dem Ton war etwas, welches deutlich sagte: O sucht doch da nicht die Ursache meines Todes – So vernahm es Lehrbach, indem er die bebende, sanft aufruhende Hand führte, und sie mit seinem Arm an sich drükte; schweigend grüßte er Sophien, und eilte an Schellbergs Seite, mit den leisen Worten: Sie tödten sie! – zur Thüre hinaus.

Die beyden gingen schweigend nach Haus, Schellberg voll Wuth und Bitterkeit, Sophie mit lauter schmerzhaften Empfindungen kämpfend. Schellberg war unfein gewesen, und so stand er im Unrecht. Von Schellberg, ihrem Ideal der Güte und Liebe, wäre sie sicher gewesen, Verzeihung zu erhalten; dem alltäglichen Ehemanne hatte sie nichts zu entdekken, über nichts sich gegen ihn zu rechtfertigen, nur es ihm trocken zu überlassen, daß er eine Bekanntschaft, die ihm misfiele, entfernte – und in dieses Verhältniß, in dieses für ihr Herz so drückende Verhältniß hatte sich der Mann ihrer innigsten Liebe gestellt!

Sie fanden zu Hause den Tisch gedekt und ein Kouvert mehr, als nöthig war. Für wen ist das? fragte Schellberg unbedacht. Der Diener antwortete, er hätte gehört, daß Herr von Lehrbach mitspeisen würde – So trug jeder kleine Umstand dazu bey, Schellbergs Gleichgewicht vollends zu zerstören. Sobald sie allein waren, fieng er die Unterredung mit der ungütigen Frage an: Warum verschwiegst Du mir, daß Lehrbach derselbe war, von welchem Du mir einst erzählt hattest? – Ich verschwieg nicht, ich fand nicht Gelegenheit es zu sagen. – Sophie fühlte sich kalt, wie das Grab; ihr Unrecht und ihr Leiden verschwanden vor dem Stolz ihres wirklich reinen Bewußtseyns – Warum mußten Fremde mich auf ein Verhältniß aufmerksam machen, das von dir auseinander gesezt, mich wenigstens des Lächerlichwerdens überhoben hätte? – Sie wollte antworten; aber der gewaltsame Schmerz ihrer Seele, der Unwille drükte ihren Hals krampfhaft zusammen; ein Glas eiskaltes Wasser stand vor ihr: sie trank es schnell – ja, sie hat es reuig selbst gestanden, sie trank mit der Hofnung, den Tod zu trinken, es schnell hinunter, und antwortete: Weil Du Fremde ihre Gedanken leichter äußern lassest, als dein Weib –

Doch genug von dem schreklichen Auftritt, wo zwei vortrefliche Herzen alle Liebe in Gift und Eis verwandelt zu haben schienen, und sich mit unmenschlicher Besonnenheit, Faser auf Faser, zerrissen. Sophie sagte ihm, daß Lehrbach sie liebte, daß sie die Sache ohne Zweifel sehr schwärmerisch behandelt, und sehr unrecht gehabt hätte, ihn nicht am Tage seiner Zurükkunft zu bitten, Lehrbach zu entfernen; nun aber würde er ihr Freude machen, wenn er es morgen thäte, oder ihr erlaubte, es zu thun. Schellbergs Heftigkeit nahm mit ihrer Kälte zu. Er riß an ihrem Herzen mit Gewalt, um die Eisrinde, die es umgab, zu durchbrechen; er sprach von seinem Glük, von seinem Frieden – Du hast Recht, den habe ich zerstört, und das ist mein Verbrechen; ich kann es heute nicht wieder gut machen, also habe Schonung, und laß mich nun frey – Sie klingelte der Magd; Schellberg sah sie schwankend hinausgehen: ein Theil seiner Wuth legte sich bei diesem Anblik – er gieng in der unberathensten Spannung im Zimmer umher; er fühlte nun, daß er als gemeiner Ehemann mit einer Heftigkeit, welche nur der Liebe und von der Liebe verziehen werden kann, gehandelt hatte, und als gemeinem Ehemann hatte ihm Sophie zu solcher Heftigkeit keinen Anlaß gegeben. Endlich begab er sich in das Schlafzimmer. Er hörte Sophien schnell und schwer athmen; er trat vor ihr Bett – sie saß, ihr Blik flammte, ihre Brust hob sich, vergeblich Luft suchend. Er faßte ihre Hand, sie glühte trokken und steif – Sophie, Du bist krank, sagte er erschüttert – Das wird auch vorübergehen, antwortete sie gleichgültig – Er fragte nach diesem, nach jenem Mittel; die Magd brachte eine Tasse; Sophie zeigte schweigend, was sie brauchte, und bat ihn dann, sie ruhen zu lassen. Schellbergs glükliches Temperament begrub seinen Schmerz in Schlummer. Bei'm Erwachen fand er Sophien in schmerzhafter Spannung von heftigen Bruststichen; er bat sie, nach dem Arzt schikken zu dürfen, sie willigte ohne Theilnahme ein.

Der Doktor Ernst kam; Sophie war allein, er fand sie sehr schlimm. Die Brustentzündung hatte sich erklärt; die Zerstörung der Maschine war vollendet. Von dem, was so unselig zusammengetroffen war, um sie zu vollenden, konnte Sophie nur das wenigste ihrem Arzt berichten; aber er sah sie an, und schüttelte den Kopf über den kalten Blik ihres fieberhaften Auges. Er verrichtete eine Aderlaß, die er für unverzüglich nöthig hielt, sogleich selbst. Wie die Ader geschlagen war, fragte er, immerfort die Kranke beobachtend: wo ist denn Herr von Schellberg? – Sophie fragte mit den Augen ihre Magd, die das Becken hielt. Er hat sich seit einer Stunde mit Herrn von Lehrbach eingeschlossen, antwortete das Mädchen. Sophien fuhr die Nachricht wie ein glühendes Eisen durch das Herz: die Ader stokte einen Augenblick, und den nächsten darauf schoß das Blut über das Bekken hin. Der Doktor sah tiefsinnig aus; nach dem Verbande stellte er sich still an das Fenster: Sophie sprach eben so wenig. Die Aderlaß hatte sie auf einen Augenblick abgespannt. Die Unterredung ihres Mannes mit Lehrbach durchdrang sie mit Schrecken: ihr stolzes Herz brach hülflos, stumme Thränen flossen über ihre geschwollene Augenlieder – Gestern bei der traurigen Entwickelung der Komödie im Schauspielhaus hatte sie zuletzt geweint; so spät erst weinte sie nun wieder bei der Entwickelung der Komödie ihres Lebens! So dachte sie bitter, und berechnete, wie bald der Vorhang wohl fallen könnte.

Der Doktor verordnete noch einiges; ehe er gieng, trat er zur Kranken: Alles, was ich Ihnen sagen kann, liebe Frau, ist, daß Ruhe allein Sie zu heilen vermag; daß sie Ihnen Pflicht ist, müssen Sie fühlen – Sophie lächelte matt, schüttelte den Kopf, und legte die Hand auf die Brust, als wollte sie zu verstehen geben, daß das Übel mächtiger als ihr Wille wäre.

Als der Doktor fort war, hörte Sophie, daß ihr Mann schon dreimal gefragt hätte, ob sie allein wäre, und im nämlichen Augenblick trat er mit Lehrbach in das Zimmer. Er führte ihn an das Bett – Wir sind Freunde, Sophie, sagte er; so unwürdig ich gestern deiner Liebe war, so frei darf ich jezt vor Dir erscheinen, denn ich verstehe Dich: ich weiß, daß ich alle Schuld hatte – Jeder Athemzug der Kranken war stechender Schmerz; aber das Leben der Seele überwog jezt noch des Todes reissende Fortschritte: sie legte ihre Arme um Schellbergs Hals, und sprach leise und innig zu ihm, in seinen Busen verstekt. Dann strekte sie Lehrbach ihre Hand entgegen – er war der sterbenden Hand würdig; seine Erklärung mit Schellberg war offen, und männlich gewesen; er hatte sich gewaltsam gefaßt auf das, was der nächste Augenblick bringen würde: jezt sah er das Blut, das noch den Boden beflekte, hörte Sophiens keuchenden Athem – er faßte ihre Hand, und hielt sie fast kniend an seine Lippen. Lehrbach, sagte sie, ich weiß, Sie lieben mich aufrichtig; ich glaube, Sie hätten immer edel mit mir verfahren – allein so wie jezt unsre Verhältnisse waren, führten sie uns auf Irrwege. Ihr Herz, und mein schwärmendes, unbegrenztes Gefühl, das allen gefährlich ist, müßten uns doch trennen, wenn auch – Hier unterdrükte sie Worte und Thränen, nahm Lehrbachs und ihres Mannes Hand, legte beide Hände zusammen, wollte reden – drükte aber nur die benezten Augen auf die Hände, die sie hielt. Die Männer waren stumm. Schellberg weinte still, und unterstüzte mit einer Hand die matte Kranke. Nach langem bangem Schweigen hob Sophie den Kopf, und hielt nur Lehrbachs Hand: Leben Sie wohl, lieben Sie mich – sehen Sie ihn oft! – Jezt stürzte Lehrbach überwältigt vor dem Bett nieder, und verhüllte sein Gesicht. Schellberg rief: Nein, Sophie! Er soll wiederkommen, oft wiederkommen – nicht diese Feierlichkeit! Laß uns unter deinen Augen gut, Brüder, Freunde seyn – Lehrbach, fiel Sophie ein, Sie gehorchten mir früher; Sie sind mir Gehorsam schuldig – seyn Sie rechtschaffen, seyn Sie glüklich –

Sie drükte seine Hand an ihren Mund; Lehrbach eilte zur Thür hinaus, und betrat das Haus nicht wieder, bis er folgenden Zettel von Schellberg erhalten hatte:

»Sie ist todt – Sie sind unglüklich wie ich, schuldig wie ich, sind ihr Vermächtniß an mich. Man behandelt mich wie einen Rasenden – wäre ich's, so wäre ich glüklich.«

Lehrbach sah sie im Sarg, geleitete sie zum Grabe, ward Schellbergs unzertrennlicher Freund, und der Gesellschafter seiner Kinder; mit diesen, von diesen, lernte er Sanftheit, aber kein Glük: das war auf immer aus dem Hause entflohen. Sich nach dem Tode sehnend, folgte Schellberg dem Rufe des Kriegs. Lehrbach blieb als Pflegvater der Kinder. Der Doktor Ernst, welcher oft der dritte Freudenlose in dem Zirkel gewesen war, sagte zu Lehrbach: Sophiens Schwester vertritt Mutterstelle bei den Kindern, sie liebte nie etwas, als ihre Schwester, jezt nichts, als ihre Grabstätte; sie wird in Ihnen Sophiens Vermächtniß lieben. – Lehrbach ward des Mädchens Gatte, ehe Schellberg zur Armee abreiste; er hat Sophiens Kinder bei sich; der lezte Brief ihres Vaters nahm am Tage einer Schlacht von ihm Abschied.

1798

Über tredition

Eigenes Buch veröffentlichen

tredition wurde 2006 in Hamburg gegründet und hat seither mehrere tausend Buchtitel veröffentlicht. Autoren veröffentlichen in wenigen leichten Schritten gedruckte Bücher, e-Books und audio-Books. tredition hat das Ziel, die beste und fairste Veröffentlichungsmöglichkeit für Autoren zu bieten.

tredition wurde mit der Erkenntnis gegründet, dass nur etwa jedes 200. bei Verlagen eingereichte Manuskript veröffentlicht wird. Dabei hat jedes Buch seinen Markt, also seine Leser. tredition sorgt dafür, dass für jedes Buch die Leserschaft auch erreicht wird.

Im einzigartigen Literatur-Netzwerk von tredition bieten zahlreiche Literatur-Partner (das sind Lektoren, Übersetzer, Hörbuchsprecher und Illustratoren) ihre Dienstleistung an, um Manuskripte zu verbessern oder die Vielfalt zu erhöhen. Autoren vereinbaren direkt mit den Literatur-Partnern die Konditionen ihrer Zusammenarbeit und partizipieren gemeinsam am Erfolg des Buches.

Das gesamte Verlagsprogramm von tredition ist bei allen stationären Buchhandlungen und Online-Buchhändlern wie z. B. Amazon erhältlich. e-Books stehen bei den führenden Online-Portalen (z. B. iBookstore von Apple oder Kindle von Amazon) zum Verkauf.

Einfach leicht ein Buch veröffentlichen: **www.tredition.de**

Eigene Buchreihe oder eigenen Verlag gründen

Seit 2009 bietet tredition sein Verlagskonzept auch als sogenanntes "White-Label" an. Das bedeutet, dass andere Unternehmen, Institutionen und Personen risikofrei und unkompliziert selbst zum Herausgeber von Büchern und Buchreihen unter eigener Marke werden können. tredition übernimmt dabei das komplette Herstellungs- und Distributionsrisiko.

Zahlreiche Zeitschriften-, Zeitungs- und Buchverlage, Universitäten, Forschungseinrichtungen u.v.m. nutzen diese Dienstleistung von tredition, um unter eigener Marke ohne Risiko Bücher zu verlegen.

Alle Informationen im Internet: **www.tredition.de/fuer-verlage**

tredition wurde mit mehreren Innovationspreisen ausgezeichnet, u. a. mit dem Webfuture Award und dem Innovationspreis der Buch Digitale.

tredition ist Mitglied im Börsenverein des Deutschen Buchhandels.

Dieses Werk elektronisch lesen

Dieses Werk ist Teil der Gutenberg-DE Edition DVD. Diese enthält das komplette Archiv des Projekt Gutenberg-DE. Die DVD ist im Internet erhältlich auf **http://gutenbergshop.abc.de**